LOCUS

LOCUS

LOCUS

# 靠窗的位子,
## 光線剛好

**我在英國皇家藝術學院**

李瑾倫

送給素月 我的婆婆
謝謝秀玫、幾米、胖玩

Catch 149
靠窗的位子，光線剛好

作者：李瑾倫
責任編輯：陳郁馨
特約編輯：王安之
美術設計：李瑾倫
美術編輯：何萍萍

法律顧問：全理法律事務所董安丹律師、顧慕堯律師

出版者：大塊文化出版股份有限公司
台北市105南京東路四段25號11樓

www.locuspublishing.com
e-mail:locus@locuspublishing.com

讀者服務專線：0800-006689
TEL: (02) 87123898
FAX: (02) 87123897

郵撥帳號：18955675
戶名：大塊文化出版股份有限公司

總經銷：大和書報圖書股份有限公司
地址：新北市新莊區五工五路2號
TEL: (02) 8990 2588
FAX: (02) 22901658

初版一刷：2009年2月
初版四刷：2017年5月

定價：新台幣300 元
ISBN 978-986-213-104-6
Printed in Taiwan

往事以為過去了。

從皇家藝術學院畢業那年，在屋子裡收拾著東西，準備搬離住了一年半的公寓。

一年半，卻和住同棟的老太太們沒碰過幾次面。

這棟皇室慈善機構託管的老人公寓，經理是位老先生，祕書是位老太太；接待室的太太稍微
年輕，胖胖的身軀、上了捲子的鬈髮，看到我都甜蜜蜜的叫：「歐，親愛的！」還有管理員
Dave，乾乾淨淨端端正正留著小鬍子。

辦公室旁入口處的木框玻璃大門有點重，不用順手拉門就會自動關上。進了大門，先是一株
植物，再就是左牆上掛著一面鏡，剛好照見我經過時的肩頸以上。不太敢朝鏡看，怕哪天看
到別的。還要再進一道門，右轉才是電梯。

電梯上下升降速度慢慢的，一如樓裡的節奏；快到底樓時嘎了一聲，好像固定要清清嗓子。一
樓是G，二樓是1，三樓是2，四樓是3；按了2，電梯便緩緩升到我住的三樓。出了電梯，走
兩三步，右轉過一道門，再直走再過一扇門，總算到了23號房，我租住的地方。掏出鑰匙進
門，門自動在身後帶上。

膽子小，出門前一定不忘房裡的燈要先點亮「備用」。

老是怕黑暗中點燈會驚動了正在黑暗裡的什麼，可不要倫敦的生活瞬間變成驚心的鬼魅記憶。
想起小時候，太早回家，就算有鑰匙開門，也是將大門完全敞開，自己坐在隨時可以往下衝
的第一格階梯上，等家人回來。

頭不轉，身體也不動，也是怕一轉動，馬上驚動空氣中飄浮的魅影；很難捱，脖子都僵硬了。

往事以為過去了，專心想時，竟彷彿又見到那個扭傷了腰，躺臥地上動彈不得的自己，還在
那紅磚公寓我住的23號房裡，四腳朝天的思考：究竟，來倫敦，找到了什麼嗎？

出發去倫敦的前幾天，
我的婆婆站在這裡沉思。
我知道她想對我說什麼。

可是終究，
她只問我：「英國，
冬天下雪嗎？」

在我眼裡，停機坪存在的方式，像
是陪伴，默默的把我送到另一個地
方，又將我從另個地方接過來。

對於選擇，
我忐忑不安。

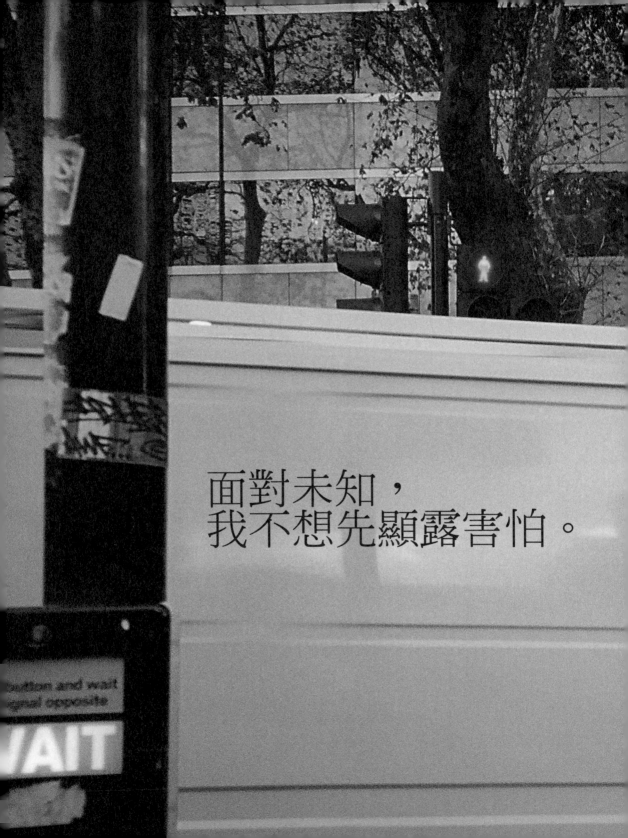

面對未知，
我不想先顯露害怕。

當公寓祕書告訴我，前一個九十四歲的老太太房客，在我搬入前四個月才上天堂，我其實嚇壞了。她已在那個房間裡生活了三十年。

手繪的有趣，是因為畫的過程中總有許多不可知的變數，是心情、是空氣、是水是顏料、是用筆的力道……所以，一間浴室，畫十次必定是十種樣貌。

從不交談被我
判為倨傲人種的
同學汀娜來請
我入鏡。

這無預期發生的瞬間，
讓我覺得，原來人生
是謎樣的大裝置。

我們在謎中
徬徨尋找急著遇見
未知，所以人生
才有了故事。

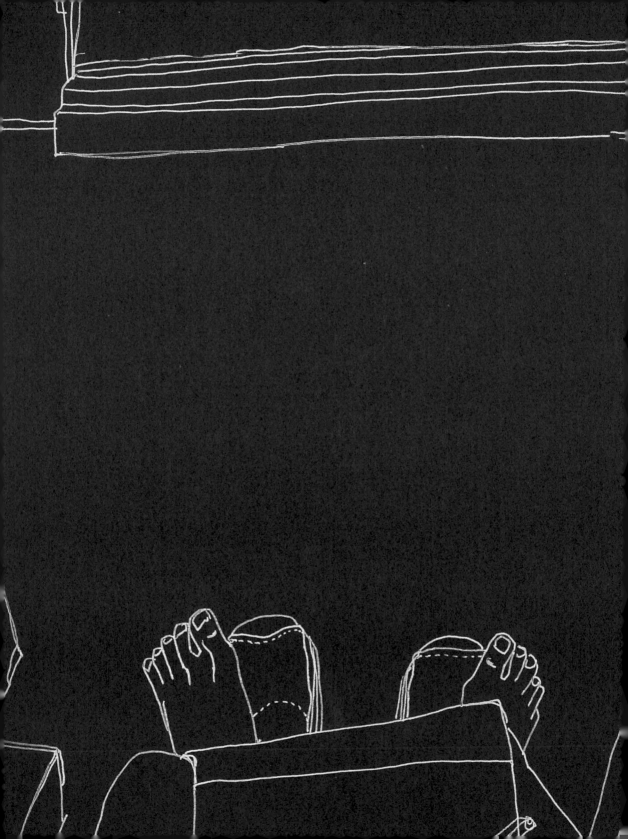

* **dim**[dɪm] *a.* (**dim·mer**; **dim·mest**)

微暗的；不清楚的；朦朧的；

么 = 鎊

櫃 檯的人跟我說明了房間的位置，竟然找都找不到。

問一遍，上樓找一遍，再下樓問一遍。最後，推開門，愣在房門口。

網路上說「明朗舒適溫暖」的房間，
窄到行李箱打不開。
問可否移到前樓的房間？
櫃檯的人用一副「你要住不住」的表情，
搖搖頭。

窗戶卡在一個高度，
房裡的景象讓我懷疑有人方才匆匆搬離。
一盞黃燈，在頂上是衰弱的眼神。
在這個我陌生的國家，一個第一次接觸的中東人似的服務生面孔，
讓我害怕極了。

很想回家，但家在一個遙不可及的地方。
眼淚在眼眶中打轉。

在路上問了一個小時，每個窗戶都透出溫暖的光。
附近旅館間間客滿。
等找到有空房的旅館，天已經黑了。本來說沒房間的老闆，願意給我一間備用的雙人房。
我在他面前禁不住哭了起來。
老闆說：「你來倫敦做什麼？」
「念書。」我嗚咽的說，像個傻瓜。

每天上下學都經過肯辛頓大街（High Street Kensington），這條高級的購物街，天氣好的時候看起來氣質年輕，天氣不好的時候看起來高傲陰沉。

NO SMOKING

**究**竟怎樣融入這個城市的？
想不清楚了。

有時候想，真的很奇怪：人沒得依賴，地圖就會看了，地鐵就會坐了，
坐錯站還知道怎麼轉回來，出了站還知道怎麼辨認方向朝目標前進。
深灰色的小老鼠在軌道間忙著搬掉落軌道上的碎洋芋片。
車上有個不知哪國的男人跟我搭訕，
一個電話號碼抄在小紙片上塞給我。

NO SMOKING

「緣分」兩個字，也包含那些「一輩子可能只經過身邊一次」的人嗎？

收回自己微微不安的眼神，
就怕是這城市在我眼中的陌生倒影給了他靈感。

手捧鮮花的傷心群眾，一波波從肯辛頓大街地鐵站湧出，
頭戴高帽的交通警察站在矮凳上忙著指揮。
王妃車禍身亡後一個月，鮮花排滿路途。
我緊拉背包，
試圖穿越這些與我完全反方向的人群，
去找未來兩年的住所。

到後來才發現學校是老房子也是新
房子；房子是老的，新是因為人一
直修著、粉刷著、保護著、愛著。
不認識這些房子的時候空氣是冷
的，認得了心情就暖了。

在 Anita的辦公室裡仔細看著倫敦街道圖，
她給我幾個與學校有打契約的房東地址。


Anita是負責學生住宿事務的黑女士。
「你來太晚了，大部分都已經租走了。」她翻著手邊一冊冊資料說。
突然辦公室裡湧進幾個學生，嘻哈和她打著招呼。
我讀著地圖像隱形人。

像一陣風，學生一下又走了。
有點太安靜了。
我知道Anita注視我一會兒。

「你好吧？」她問。忽然，我的眼淚開始掉個不停。
「哎呀，怎麼啦，寶貝？」她說。
我搖搖頭，一直哭。
她用力摟一摟我的肩膀，用一種完全理解的溫度和力量。

還沒找到長期的住處以前，學校給我一個民宿住址，供應1B，就是一個床。

蹲在暖氣投幣孔前研究怎樣開暖氣，電視遙控器按來按去總共五台。
一對金髮觀光客講著我聽不懂的語言，住進了前面房間，每日喧鬧進出進出。
這裡是Notting Hill。
第一家走進的書店叫做Waterstone。
第一輛乘去學校的巴士是52號，
巴士，前面上後面下，沒有人排隊。
£＝鎊。

後來，只要遇到Anita，遠遠的，
就聽到她用洪亮的聲音和我打招呼：
「Oh！我可憐的小東西！」

照 Anita給我的一個地址找去。
門開了，是個講話大聲身材魁梧
有蓬鬆鬈髮的英國太太。

我被她由上往下俯看著。
「叫我Margie。」房東太太說。
跟在她後頭上樓，覺得只看得清楚她的腳跟。
要出租的三樓房間在她女兒房間隔壁。
房間裡，塞進一套小流理台、電爐和小冰箱，
大窗向下可以看到庭院。
浴室在二、三樓的樓梯轉角處，
地毯一路鋪進，浴缸邊又是一扇大窗。

想像著如果住進來了我的心情。
一隻貓從後方衝到我腳邊磨蹭，虎斑短毛的。
牠用卡通片印象裡的飛輪般快腿衝過來。
「牠是Mango，你不怕貓吧？」Margie問。
「不怕。」我說。
因為動物，終於我們都微笑了。

「還有一隻黑貓叫Tisa，
你若住進來，就會看見了。」

「最好週末就給我電話。」她說。

匆匆瞥了一眼院子，
樹彷彿也都抬頭望我一眼。

看看Tisa在不在？是我最喜歡猜的事。
天氣好的時候，牠一定出現在草叢裡，像一塊黑色
的圓地氈。

**找** 位子的時候，有人一直注意著我，
他和善的看著我東張西望。

終於不得不打招呼的時候，他說：「已經沒什麼位子了。」
我認識的第一個同學，Allan。
每個人在學校工作室裡都有一個位子，先到先贏。
桌前的隔板大部分都貼上名字了。
剩沒貼名字的桌子不是在門邊就是在拐角，不然就夾在桌子與桌子中間。
我想躲在角落裡，可是好像沒得選。

「比較好的位子可能只剩這個了。」他指指隔壁的空桌，是一個被夾在桌子與桌子之間的位子；撕來一截廢紙，叫我把名字寫了貼在桌上。
空蕩蕩的桌子，
桌面上零星留著一些以前人的塗鴉。

看到黑色方方建築物是學校，天色、雲層、經過的車輛、人、從公園跑出來探路的松鼠、學校窗裡的燈光，每件觸動視覺心靈感官的物件都是今天生活的線索。

# 把 房裡兩個檯燈的燈罩都拿掉了，
這樣比較亮。

商店裡賣的一律都是60瓦或100瓦的黃色燈泡，
但店員不認為它黃，說是一般光。
在溫暖的黃燈下畫圖很暗不習慣。

埋頭畫著要交的作業，是自我介紹。
作業通知還在台灣的時候就先收到了，
A Personal Sense of Place。對環境的個人觀察。
（我想學校的意思是，要藉由視覺的傳達把自己介紹給大家認識，只要是「看得
見」的，什麼方法都好。目的就是讓全部的人認識我，在五分鐘內。）
我的環境對於我究竟是怎麼回事，從沒想過。

到開始做作業的這天，和我有關的所有歷史可以有三十年那麼長，也可以是一天
那麼短。要畫一段還是畫一天？
我是那個台北小孩或是那個做著助手的獸醫太太？
為什麼把「我」放得那麼重要？這份作業讓我有些困惑。
為了這份作業，花了很多時間想自己。
原來對自己的認識也不多，「環境」和我擦身而過，細節早憑空飛不知去向。

決定畫離我最近的半年，天天看到家中動物醫院的入口。
那個看著入口觀察進來的人和動物的我，是離當下最近的我。
唯一記得清楚的「我」。

下筆筆觸用得小心翼翼的。

我知道每個人都有個指導老師，老師會怎麼「指導」我呢？
他在不在意我畫什麼？他會「教」我畫什麼？

希望有人可以說點什麼話。

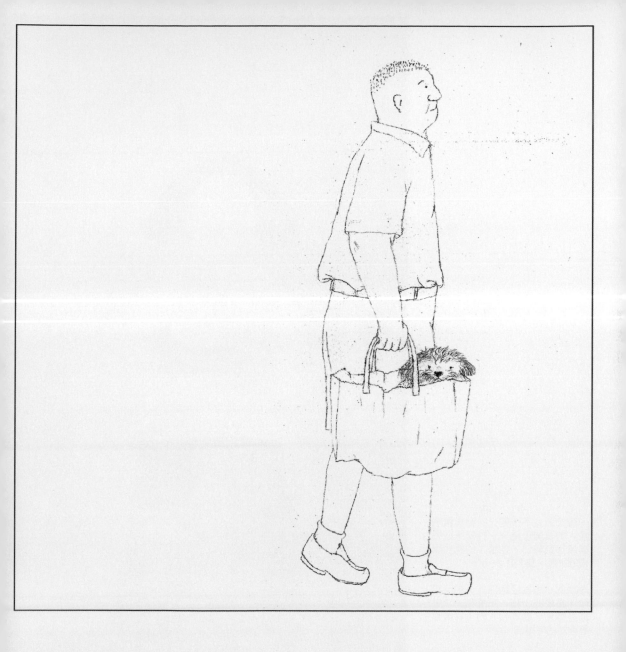

我看見老伯用百貨公司的袋子提著狗進動物醫院的
時候，笑了好久。狗一副認真的表情，乖乖坐在袋
子裡看著我。

幻燈片打在牆上，頓時大家都對袋子裡的狗笑了。

兩個時空不約而同的笑，如果後來都能轉化為關
懷，也許我的記得和畫就有了意義。

一個頭腦並不很靈光的動物醫院客人抱著狗走進來，狗緊張的把頭埋在她胸口。她張大的無邪無懼的眼睛，讓我印象深刻。

哆嗦的小狗給了她陪伴，她又陪伴了哆嗦的小狗。那是第一次隱約感覺到，動物和我們，其實都是彼此的守護神。

想畫「感動」。

老師問我「你想畫什麼？」的時候，我想他在問我這個。

創作可以傳達太多東西：溫柔的或是暴力的，安靜的或是吵雜的，糾結的或是簡單的只像根細線。

而我，想要表達的，是什麼？
做得到嗎？

# 想

著James自我介紹的作業中，展示一個蓋了一片玻璃的碗。碗裡盛了半碗水，玻璃上因為空氣的溫度凝聚了許多水汽。

全班的人連同老師們圍在他的作品旁，他說，他童年在各個國家飛來飛去，常覺得他像碗中的水一般，什麼時候會變成水珠凝結在玻璃上，什麼時候會變成水蒸氣飄走，什麼時候又會隨著下雨回到地面，常常是他無法掌控的。
他的人生像凝結在玻璃上的一粒水珠？
若我要比喻，那我的是什麼？

上過一次課了，老師在約好的時間到我的工作桌旁看作品。
工作室裡唯一自動自發每天八點上工下午五點下工的Allan，我和老師的對談，他坐隔壁全程都聽到了。應該很沒重點又很糟吧，因為Allan拋給我一個關心的問句。
「如何？」他這樣問可能是想讓我心情放輕鬆一點。
「還好。」我只能這樣回答，討論是件我還很不熟悉的功課。

我等著老師告訴我怎麼做、要做什麼。
而老師似乎等著我告訴他要做什麼、已經做了什麼。

轉出樓梯，有個女生正認真站在佈告欄前，替一些大寫A的上方加畫小圈圈。
我記得她，她是Åsa。她的自我介紹作業畫了一張她男朋友在湖邊釣魚，還講了很多挪威人的夏日小島生活。
「這是什麼？」我站旁邊好奇的看她執著的畫著小圈。
「我的名字。」她說，「英國人老是不打出正確的字來。」
她細心的一個一個字母A上加完圈，
自言自語似的對著佈告欄說：
「是歐莎，不是A莎！」

很多事都貼在牆上。
才曉得這學校，所有的講座都貼在佈告欄上，不想錯過就得自己常來看。

約好三人一起延續James的水蒸氣概念天馬行空各自再發展出什麼的，但那天James缺席了。我和Åsa在小研習室裡空等他超過一小時，這一小時後又延伸出的總共三小時，讓我見識到Åsa滔滔不絕驚人的清晰表達能力。

她幾乎把我從小到大都問完了，問得我頭昏。但當她說到她爸爸的工作是數鯨魚的時候，我精神又來了。
「數鯨魚？」我的眼神應該是亮起來的。
「怎麼數？一隻一隻數嗎？為什麼要數？」我腦海裡因為這三個字浮現了一幅畫面。

原來在挪威，有一派人主張繼續捕食鯨魚，另一派人反對。兩邊都有一位統計學家來計算每年鯨魚的總數，並繼續他們各自的主張。
「你爸是哪一邊的？」我很好奇。
Åsa淘氣的用一種「你要失望了」的表情看著我，「要捕殺的那邊……」

說到一樣食物，Allan重複說很多遍，怎麼聽還是聽不懂。
「你們不吃嗎？」他大惑不解。
「怎麼寫啊？」我問。
他拿枝筆小心翼翼寫下 b、u、t、t、e、r，
然後望著我。
「巴特兒。」我說，那是奶油，怎會不曉得。
「布特。」他發音。

坐在工作桌前，翻開新買的畫畫本。老師一直強調，要隨時把閃過心裡面的東西記下來。我望著畫畫本差點要發呆了，如果要記下閃過心裡的零零碎碎，那想得正高興的事不就中斷了？心裡想的畫面，等一拿起筆，那個畫面好像不比在心裡想的那般靈活呢！

「好啦，讓我們來看看你這星期做了什麼？」
糟糕、糟糕，老師又要這樣問我了。

系上一樓的迴
廊，很怕在這裡遇
到人。怕講話，怕被別人
詢問，怕打招呼，怕裝輕鬆。

跟在警察後面走，想著他們的帽子。
帽子裡有空氣嗎？
用色鉛筆畫圖有一種輕鬆，
畫裡面似乎也可以藏著空氣，我喜歡色鉛筆。

# 韓

國同學寶英溜到我旁邊，神祕兮兮的問我：
「一起去吃個中國菜吧。」


問Quy，「Quy」是什麼意思？
他桌前貼了一小張目光炯炯胸前淌汗的李小龍剪報，是他的偶像。
「我的中文名字。」他說。
「你想看嗎？」他問我話的口氣彷彿那是幅畫。
他寫下一個「貴」字。
「廣東話發音的貴。」他解釋。
Quy在英國中部長大，父母是來自越南的廣東人。想著想著他又寫了一個「沈」
字，「沈貴，我的名字。」他靦腆笑了一下。


那，Hector，我要怎麼叫你呢？
一個愛和我們同擠小工作室的博士班學生，
他嘴裡念出的Hector不是我以為的Hector。
他下巴的鬍子修得好極了。
雙手往兩邊一攤瀟灑的說：
「黑透兒、黑特爾、黑克多都可以。你知道，你們是自由的。」


Emma講話和她的眼神一樣迷濛，
起初和她說話總好像掉進五里霧中。
一種輕快的溫柔的略去一些單字音的，
優雅害羞不隨意顯露情緒的。


「可不可以再說一遍？」我問Emma。
於是她再說一遍，完完全全一模一樣的一遍。
「可不可以再一遍？」我拜託。

「再一遍？」我又說。
「再一遍？」還是我。
反而是她道歉了，
「對不起，我講得太快了。」
她不好意思笑著說。

漂亮的羅馬尼亞同學Diana，剛從鄰校帝國
學院的健身房游泳回來，手上掛著一條大
浴巾。她有禮的問候我的最近，然後說：
「你知道，我們一定要多認識彼此，因為
我們還要在這學校一起兩年。」

世界上不是只有一種美國音或是倫敦腔，
領悟到其實每個人都因不一樣而獨特的那
天，頓時我好像自由了。

將近下午四點，
工作室空無一人。
同學在桌上留紙條，
大家都去餐廳喝茶了。

想要「放空」再畫圖。卻突然追究起「放空」的意思來。
不要想起以前畫圖的感覺和模式，就著眼前景物畫圖這叫做放空嗎？就著
眼前景物畫圖，是要意識著景物或不要呢？
不要多想而一直畫，畫滿一本本子後，會有什麼得到嗎？
問老師這些，似乎是蠢問題，應該先畫再說。

拿著本子到海德公園的池邊畫鳥，不忘先去買一袋麵包，畫沒兩張，便忍
不住餵起鳥來。鳥的眼神很矜持也很期待，用眼角餘光瞄著我有點好笑。

Margie問我：「你餵牠嗎？」
我有點遲疑有點不好意思的點頭承認。
我希望Tisa可以常常進來……

# 陽 光是冬天難得的恩賜。

一個人生活，到吃飯時間，就沒主意。
早餐不知要吃什麼，所以吃了一粒維他命。
維他命買二送一，不曉得為什麼要勸人買這麼多，商店裡總那麼多陷阱。
也許我該吃三粒。

風一吹，落葉滿天翻飛，
一夜之間，葉子好像掉光了。
開窗感覺一下溫度，有人在窗外冰著牛奶。
下午四點以後，天色很快轉黑。

今天回來得早，手上拿著一疊圖，Margie極有興趣知道我在畫什麼。我們坐在地下室的廚房裡，邊看圖邊解釋著家鄉的事情。地下室是連結長長後院的舒服地方，爐子連著煙囪，燒炭火後可煮飯烤食，順便供應一屋的溫暖到晚上十點。飯桌旁的落地窗眺望著院子，牆上都是Margie家人的相片。
天氣好的時候，衣服都掛院子裡愉快的晾著。

Margie不停提出問題，這個那個，
最後抱了地球儀出來確認家的位置。
又想起開學那自我介紹的作業。
離開家以後，「我」這件事情，似乎變得很重要。那是個立足點，有立足點才能再自由的向外探索。

她也描述著蘇格蘭的氣候風景，那是她來自的地方，「你得找時間去那邊一趟，和倫敦太不相同了。」
隨著Margie的描述，我腦裡開始吹起永無止境的斷崖峭壁冷風。

# 搬

進Margie家，
真的就是因爲屋裡有貓。

公貓Mango總是在我拿出鑰匙開門時，旋風似的衝到我腳邊緊急煞車然後毫不客
氣一頭領先進門。小母貓Tisa則愛清晨等在房門口，慢慢的踱進房裡毫不客氣躺
上暖被。

Margie邀我下課後回來一起晚餐。
七點到地下室，朋友已經來了一些，廚房裡鬧哄哄的好溫暖。廚房也還亂糟糟，
Margie邊喝酒邊做菜；幾個大人幾個小孩和一隻應該很久沒洗澡的狗是今天的客
人。

喝了一些紅酒，像接力賽似的，客人間的聊天一輪換過一輪。快要上大學的小
孩，很紳士也淑女的親切招呼在場每位客人，臉上漾著甜到不能再甜的微笑：

「再來一點酒嗎？」　「要喝點水嗎？」　「果汁？」　　「先吃點乳酪吧。」
　「你學校今天如何？」　「學校適應了吧。」「你這髮型真不錯啊。」

「你還好嗎？」「再來一點酒嗎？」　「還是喝點水嗎？」　　「果汁？」
　　「再吃點花生吧。」　　「你上學還是搭巴士嗎？」
　　　「對啊，搭巴士最舒服了。」　　　「你搭9號對吧？」

「要冰塊嗎？」「再來一點酒嗎？」「水？」「果汁？」「會冷嗎？」
「對啊，廚房最溫暖，貓都喜歡待在這裡。」　　「Tisa都去找你睡覺呢。」
　　「你先生好嗎？」　「聽說你有兩隻狗。」　　「你一定很想牠們。」

十二人的長桌，從中分坐兩邊。
Margie對著手上的紙條把大家招呼到定位。
我就坐在中間，左邊是熟男熟女的社交對話，右邊是小孩的社交練習對話。
我一下左邊一下右邊，一下大人一下小孩忙著打點著我一晚上的應對進退禮儀。

9號和10號巴士幾乎都是雙層老巴士，舊舊的、憨憨的，在倫敦繁忙的街道上穿梭，卻又看起來比新型巴士聰明靈活太多。

argie給我的腳踏車，換個輪子就可以騎。
有了腳踏車，和這個城市變得更熟悉。

十一月底，客廳裡堆滿待包裝的禮物，聖誕節快到了。

「每個人一定要有禮物。」Margie說。
她坐在一樓客廳地上用大剪刀剪著包裝紙，我看著滿地的禮物想著我就要搬家
了。今年有四十五個人要在這棟房子裡過節，真不可思議。

我也有一份聖誕禮物，她提前給了我。
是一包義大利製的小餅。
她跟我解釋義大利小餅的由來。
想著沒被人家忘記的感覺真好。

晚上十點以後鍋爐的暖氣就不靈了，這棟屋子裡的人也差不多都已入睡。
冷風從木窗的縫隙中細細的流進來。因爲有食物，Tisa進來了，坐在高腳椅上，
在房裡和我看了一會兒電視。

不知是害怕會冷所以冷，還是真的冷。爲了增加房內的溫度，把Margie拿給我的
電毯墊在椅上，電爐上不時燒著開水，燒開的水汽在小鍋上方一下就消失不見。

來不及住到讓家書把牆貼滿，在鄰近的一棟老人公寓，問到一間可破例出租給我
的房間，想過完新年就搬去。
Anita答應替我發一封學校的保證信。

Margie這位來自蘇格蘭的小學老師，牆上的相片裡她十五、六歲甜美稚氣的笑
容，至今在她臉上依稀可見。她曾在請我看完《貓》劇回家的巴士上，硬是用腿
佔住對座的空位，讓遠遠落在後面上車的我也有位子；曾週末開車載我和她女兒
到英國西南的農莊，只爲舒緩我們的課業壓力；曾翻開一大皮箱她不穿的多衣，
問我需不需要。

隨身總是帶著電話卡，找電
話亭變成一種習慣。電話讓
我和家的距離可以近一點。

Listen！」Margie說話不自覺用命令句。
而我像九官鳥：「Listen! Listen!」
有時走在路上竟沒理由的在心裡重複說起這個字
來。

「想多張桌子畫圖，所以得搬出去了。」
終於跟Margie說。
她微側著頭，皺眉頭像在想著什麼。

搬家那天，
Margie堅持小孩都得站在門口跟我說再見。
堅持開車幫我把桌子載過去。
堅持到新公寓門口後她一人扛起摺疊起來的桌子
大步走上階梯送進電梯裡。
她在屋子裡逗留一會兒，
臨別送我兩個臉頰吻和一個大擁抱。

我坐在都是行李的房間，
又開始整理東西。

半夜睡醒一時忘記自己在哪裡，
後來才想起原來是倫敦。
對著一屋子空氣發起愣來。
後來才起身
把開了一夜的燈，
逐一關掉。

眼看著第一個學期就要過去，紙沒畫爛、筆沒用壞，
我還在適應著環境。學校與英國皇家郵局合作千禧年
郵票的競圖，我沒跟上。

**light** *v.* **lit**[lɪt]   *vt.*
點著；點亮；點燃；

真愛哭

搬到新住處後，Margie帶我去舒緩身
心的週末踏青之旅，才漸漸在心中沉
澱成形。影像經過時間，自動將不需
要的都抽離了，只剩下銘記的印象。

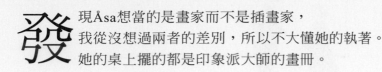發現Åsa想當的是畫家而不是插畫家，
我從沒想過兩者的差別，所以不大懂她的執著。
她的桌上擺的都是印象派大師的畫冊。

她和老師上課時跟我一樣都徬徨著，只是她滔滔不絕，而我是說不出什麼創作方
向和計畫。漸漸的，我們倒是開始有一點同病相憐的惺惺相惜。

畫家的畫和插畫家的畫有什麼不同？
認識了Åsa後我才開始想。

也許，從最表象想，畫家的油彩得畫在畫布上。
作品單幅居多，不要文字互相拉拔襯托。
自我內心居多，不用太在意要不要與人溝通。
是要留在國家級的藝廊一百年兩百年的。
是可以任性的、高傲的。

插畫家的畫是在紙上的，在電腦裡的，是拼貼的，也是攝影的，是有事要說的，
也要顧及觀眾的；最好能有立即利益和持久商業價值，最好有大眾口味，能暢銷
的。

畫家可以是偉大的，那插畫家呢？
畫家的布可以百年不壞，
那插畫家的紙一定隨光陰脆裂嗎？
如果畫家的畫是古典音樂，
那插畫家的畫，會是爵士或流行音樂嗎？

想著，我們總要有目的才開始做事嗎？
如果凡事沒有目的呢？
沒有目的是不是也能把我們帶到另個目的地？
一程又一程的。

老師坐在我的桌邊，
他滿臉微笑問我這星期做了什麼。
他一個星期來看我一次或兩次功課。

我畫畫本裡的東西很少。
少得可憐。
其他的圖零零星星的。

老師說平常有什麼念頭就要趕快記下來。
我說可是我如果要真的這樣記下來反而不會做了。
老師好好先生的歪著頭替我想了一下。
他說畫畫本裡的點子好像種籽，
有些會發芽有些不會。
有些發芽了也還會死有些卻不會。
有些要另外栽盆，有些要另外找地。
種籽不嫌多可以一直撒。

把老師的話總結就是有靈感就記下來，
有畫面也記下來，有的沒的都記下來。
反正總有一天、總有一個點子會開花，說不定還結果。

一天趁早跑去看展，意外發現現場全是老先生和老太太，看他
們聚精會神的樣子、看他們輕聲細語彼此打招呼和討論的樣
子，很迷人有趣呢。衣著是有趣的東西，如果今天她們都穿得
邋遢，我應該不會想叫她們「老太太」，可能草草描述說「一
群老婦」。衣著整齊的都可以叫「老先生」，但是穿了皮鞋打
了領帶又戴帽子拿著一把綁整齊的傘上街的，非說他們是「紳
士」不可。

總之，下次上課我不能再給他同樣的答案了。
這樣很糟糕，很浪費時間。
可是拿畫畫本不知該怎辦的這件事是真的。

老師說你不是喜歡畫書嗎？
剛開學自我介紹時你發表的動物醫院主題呢？
我說還在想。
他說你那張紅色背景主人抱著狗的圖，我們都印象深刻。
我安靜。
老師說，你寄來的作品裡有一本書畫得很好，那本書呢？
我說就在我櫃子裡，你要看嗎？
我把書拿出來。
他仔細看著書，又稱讚我畫得好。

我說除了做書以外我想發展新方向。
怎樣的方向？他又問我。
我又答不出來。
懊惱。

後悔把書拿出來，
後悔因為書得到讚美。
今天我的上課所得只是讚美。
老師難道不能告訴我明確方向嗎？

「怎樣？」Allan問我，他把我的書拿過去看，他可能看過十遍了。
「還好。」我回答，心情低低的，覺得自己又白白浪費一次寶貴的時間。

跟Allan說面對畫畫本無可奈何的煩惱，
他好心的把他畫滿滿的簿子拿給我看。
滿滿靈感的種籽。

回家後畫的這張老先生老太太看展圖，
是將來一粒創作的種籽嗎？

若和老師約好在辦公室看功課，我會提早來坐在辦公室外面等著。
等著的時候，什麼都可以想，有時還數著地上的磚。

學生在這個空間是過客，但作品可以不是。
只要不是人為的破壞，這個空間和作品都可以永遠存在。

# 在

走廊晃蕩又遇到我的指導老師，那個想幫我解決不知該怎麼用畫畫本煩惱的老師，他臉上最不缺的就是笑容。

他說：「你不是也喜歡寫點東西嗎？你的作品需要自己寫點東西，對吧？」
他指指佈告欄上貼出的一張寫作研習課，「你可以去上這個，很有名的小說家，這兩年系上都請她來給學生上寫作。」

我湊近看，讀名字的事我很不擅長。
老師站在旁邊似乎很期待我馬上在報名單上簽名。我猶豫的看著他，英文寫作啊……我真猶豫。

「可是，我的英文……恐怕沒有寫作的程度……」我抬頭說。

「不會不會，這只是教你怎麼寫作，你不用真的寫。」
「你可以只是去聽。」他補充。
「真的嗎？只是坐在旁邊也可以嗎？」我有點害怕。
他很肯定的點頭。

老師長得好高，講話時他還要稍稍彎著腰，
我們的視線才比較容易對在一起。

「每星期一次而已，不會很困難的。」
他像慈祥爸爸一樣鼓勵我。

好吧，不要退縮，我跟自己說。
不試怎知道怎回事呢？
掏出筆，在一堆人名下面簽名了。

回到工作室，跟Allan說報名寫作課的事。「呃，寫作……」他做了個好像有人不敢吃苦瓜卻吃到苦瓜的表情。我也跟Emma說，她聽得表情迷迷濛濛的，好像是在思考，我猜她應該是說「寫作課……那或許我也要去看一下……」之類的。

日子越來越近，每次經過都想，
要不要把名字劃掉？

星期四，我還是去了。
和我熟的同學一個也沒去，和我半生不熟的同學個個熱切期待著被啟發。
挑了一個位子坐下。

如坐針氈。

教室小小的，本來併在一起的大桌不知移去哪兒了。
我們坐成U字形。
我猜想老師的辭彙優美，因我多半聽不懂。
偷瞄一下別人。
大家都微微昂著頭聚精會神的聽著。

我也想那樣，而且最好是有聽得津津有味的表情——可惜事實是，我跌跌撞撞的
努力抓著大意，希望跟得上。

作家老師站在窗前，米粉蓬鬆的頭髮紮成一個馬尾，臉形瘦削眉毛很黑膚色很棕
像巧克力。大部分時間她的表情是嚴肅的，但在準備講笑話的時候，臉色就會先
轉柔和一些，配合著情緒安排，大家都在相同的時間笑了起來又停了下來。

然後她說要玩創意的接龍遊戲，鼓勵大家憑直覺聽字接字，用字來創作故事。
她說：「好，那現在，」
「but」，她起頭了。

像指揮家開始點出指揮棒的氣勢，
她點頭示意左邊第一個學生，
字馬上就接了出去。
接得順極了，一個接一個，
遇到一些不錯的字，

「Good!」她說。

若大家是樂譜裡的音符，我大概是那個休止符。
字連到我那，突然停了。
我望著老師，想逼一個字出來。
亂講怕出糗，遲疑著說不出。

我的椅子已經悄悄退到那個U字形之外，卻也讓原本完美的形狀有了一個小缺
口。只是沒想到我那樣的退縮，反而讓自己看起來更明顯了。

對剛剛連下來的字沒有感覺，
有一半的字我都不懂。
大家的目光都投向我。
兩秒，老師說：「Next！」

愣在位子上沮喪，
現在已經聽不進任何字了。
終於老師說：「那我們現在休息十五分鐘。」
我也從位子上站起來，想要小魚力爭上游。
我走到老師前面，她正開窗抽煙。
我本來想說：「老師，我很喜歡上這堂課，
可是我可不可以只旁聽？」

她沒等我說完。

她看著我的眼睛。
她說：「你知道，現在這是寫作課，不是英文課。如果你要上英文課，學校應該
有專給外國學生進修的可以去上。」
香煙把我的眼睛熏酸了。
忘了是不是有回她任何話，
應該是有的，
因我還是想保持一些驕傲的。

剛剛閃電，
現在打雷，
我匆匆走出教室，
快下雨了，
想找個地方躲起來。

固定星期四，校外的理髮師傅都會來。他待在
三樓學生喝咖啡打撞球的地方，理一次頭髮四
鎊，只要人去就好了。
William說他理髮的時候歡迎大家參觀，我們就
幾個聲勢浩大的跑去旁邊當「陪理團」了。

在走廊間疾走穿梭。
到處都有人，
找不到地方暫時躲一躲。

硬著頭皮走回工作室。
沒人。吁。
快快走回自己位子，緊憋著氣，
溺水之前。

拿出我的畫畫本，拿出紙也拿出筆，
埋頭假忙。忙著寫字畫圖忙到不要他人打擾。
寫信好了，寫信給大的，急得一刻不能再等，
趕快寫下剛剛的事趕快忘掉。

有人進來了，我低頭裝得更忙了。
是Domi，她進來找人，沒人在應該馬上就會走……只是沒想到，今天我的專心
神祕引起她的興趣。眼角餘光見她低著腰側著頭走向我的桌子。真糟。

「嗨，你一個人哪。」她說。
「嗨。」我盡量自然。
「這是你的狗嗎？」
她看到我釘在板子上的相片。
「嗯。」我說。

眼淚開始掉了。
希望她不要看見，趕快停下眼淚哪。

她繼續說著：
「真可愛啊，你一定很想牠……
哇，是中文嗎？你在寫信嗎？」
紙溼了。

她嚇一跳，「啊，你在哭嗎？」
她蹲下來，輕拍我的肩膀，
「一定很難受對不對？你一定很想牠們。」

「我不知道我這麼老了還來這裡做什麼？」
我怎這樣哭哭啼啼的蹦出這句話。
「不會啊，你怎麼會老呢？」

她認真問：「你幾歲？」
「31。」我說。
「不會啊，你知道我幾歲嗎？」
我搖頭。
「33。」她說。
「這學校裡很多人都是這個年紀啊。你知道Bev嗎？」像安排好的，Bev這時進
來了，她走向我們，「這裡怎麼了？」她說。
「她說太老才來，我跟她說不會。」Domi說。
「喔，真的嗎，怎會，你幾歲？」Bev手搭我肩上低頭問我。
「31。」
我不哭了，因為已經完全偏離主題了。

「Chinlun，你知道我幾歲嗎？我34。如果你老那我們不是更老了嗎？」

Allan、Emma和更多同學喝茶回來了。
大家都湊過來，Bev細心的把剛剛的事說一遍。
「其實不是因為那個啦 ，」我說；如果為了年紀的事哭那真是太蠢了。

「我是因為寫作課哭的。」把剛剛上課的事跟大家說一次。

「那女人怎麼可以這樣，你應該去跟老師講的，叫學校把她開除。」Allan夠義
氣的說，大家七嘴八舌數落起寫作老師的不是來。

我開始不好意思了，一天當兩次主角不是我早上起床時預料得到的。

←玻璃乾淨的時候，
可以在這裡看到司機的臉

又來了，說不排隊的都是倫敦人。到底是不是倫敦人，
金髮白皮膚混在裡面，誰知道呢？倒是我，偶爾排隊、
偶爾不排，偶爾追著趕車子、再偶爾也學人家還沒到站
以前先跳車。問我哪裡人？先說是日本人好了。

←上層沒有站位，大家都得乖乖坐下，不然車掌會上來罵人。

# 倫

敦街頭，人好多好多。

喜歡看來來往往的人，
喜歡注意人的打扮，
還喜歡聽著從耳際飛過
人的對話。

發現總有一些人，
會和我打招呼。
不是因為我才打招呼，
而是這些人跟所有遇見的人
都會打一下招呼。
喜歡遇見這樣的人。

有時剛要進商店門，
會遇見紳士側側身，
對我注目微笑示意女士先行。
戴金框眼鏡的學校文具店女士，
總對上門來的學生微笑滿面的說：
「Hello，Darling！」

胖胖的紅色雙層老巴士好像時光列車，
那上面的每一秒似乎都拉長了。
老巴士上的乘客似乎比新型巴士上的人容
易聊天和笑在一塊兒。
巴士沒門可開沒門要關，
即便車子開動，
身手好的還是可以飛身上車。
上車踏穩手拉緊那瞬間，
緊臨車邊面對面兩排老幼婦孺位上的人，

太驚險的還會幫忙驚叫，
嘴巴碎碎念著的也跟著會心一笑。

飛身進來的年輕人咚咚咚跑上巴士上層，
車掌一派輕鬆見怪不怪倚著階梯下的置物
間，說著印象中的登車軼事給大家聽。

老先生老太太百分之九十都衣著整齊可
愛，紳士絕對頭戴帽子，女士也一定薄施
脂粉。

面對面坐在博愛座上的人聽故事聽得津津
有味之後又一起談談天氣。
他們都愛笑，愛微笑。

因為那氣氛，
捨不得下車。
因為那氣氛，
使世界因此往外開展往上加分。

不是每個人都給我微笑。
但有微笑真好。
回味著微笑，
有時會自顧自的也微笑起來。
微笑，原來那麼溫暖。

沒想過微笑需要學，
但我開始學習微笑。

Painting系上同是台灣學生的淑，帶我一起到Norwich去取
畫並過週末。Norwich夏天才熱鬧，冬天冷冷清清，很多
商店都半歇業著。旅店主人Terry笑起來的時候，牙齒看起
來很大顆，他的表情都是微笑。
沒什麼客人，他準備培根蛋土司早餐的時候微笑、看體育
節目的時候微笑、沉思的時候微笑、和他的大白貓講話的
時候微笑、介紹他的旅館的時候微笑。
「你不會找到比我這裡更好更便宜的旅館了。」他微笑。
微笑是力量，我相信。

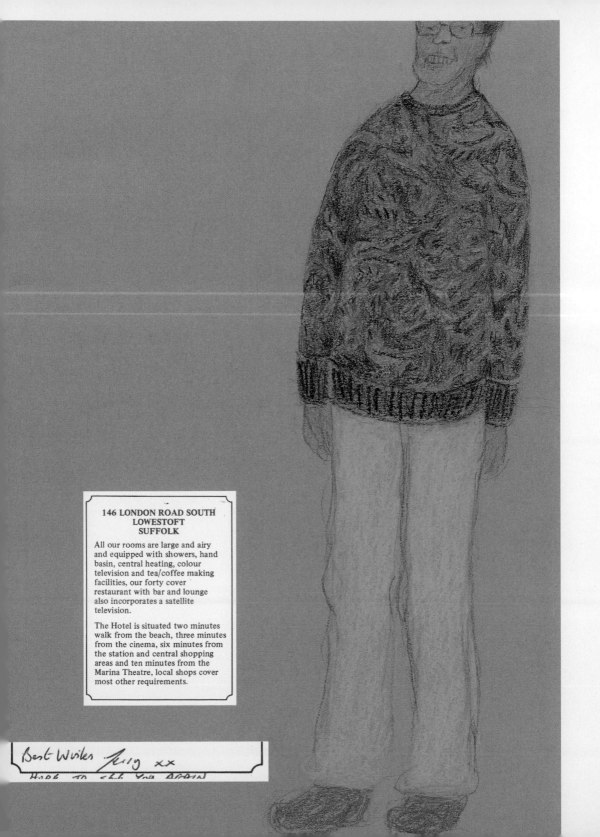

**146 LONDON ROAD SOUTH
LOWESTOFT
SUFFOLK**

All our rooms are large and airy
and equipped with showers, hand
basin, central heating, colour
television and tea/coffee making
facilities, our forty cover
restaurant with bar and lounge
also incorporates a satellite
television.

The Hotel is situated two minutes
walk from the beach, three minutes
from the cinema, six minutes from
the station and central shopping
areas and ten minutes from the
Marina Theatre, local shops cover
most other requirements.

Best Wishes *Terry* xx
HOPE TO SEE YOU AGAIN

一張圖畫得這麼大，應該就沒辦法當插畫了吧。
畫，要「插」在哪兒呢？

**有**時愛往淑的工作室跑。

學校裡台灣學生少，認識淑以前，我們已經彼此注意一陣子，講兩句發現都是台灣的學生。台語馬上搬出來，心裡暢快得不得了。

淑的系上每人有自己的工作室，一間間用木板隔開的畫室，每間畫室門口都有布簾擋著；有事非說不快就會去她那裡，沒事亂聊也會去那裡。

我們說的語言像是無人能解的密碼，溜進布簾，坐在都是油彩的板凳上，吃海苔喝著茶包茶，嘰哩咕嚕的有時引起同學好奇，也笑著探頭看布簾裡我們在做什麼。

淑洗筆專心，嘮叨洗筆該注意事項，八卦一下別人的使用工具習慣，再看她洗完小心翼翼慎重的將每枝筆筆尖壓好掛到牆上。

雖然我們都畫畫，但有天站在她的系所，卻無端渴慕起她這樣形式的藝術創作來，「至少，我們的工作室有很大的不同。」我硬是瞎說，「你們的每人一間，我們很多人一間；你們的畫比較貴因為需要木料裝工又要布，我們的畫顏料用比較少所以可以便宜一點。」
她聽了好笑，下巴故意自信微微一昂，頰邊露出一個專屬的酒渦說：「沒錯！」

突然像小雨點一樣的顏料從隔室飛過來，我們忍不住咯咯笑了起來。
「畫太認真了。」淑國語小聲說。
「Sorry！」隔壁的人及時拋來一句。

又氣呼呼的跑去淑的工作室，為的是要跟她說：「真的很生氣，今天有人對我說讀你們這種科系真好，只要畫圖就好了。」發現她沒理我，笑笑聽著卻正認真端詳著自己的作品。哦喔，應該是打擾她了，但還是很不甘心，又繼續說：
「讀你這科系真好呀，每天只要一直塗一直塗就好了。」
她手插腰正專心在看圖，卻還是忍不住回我一眼：
「你很傻欸，跟人計較這幹麼。」

用guache（一種質地細緻的不透明顏料）畫海德公園裡的樹；
畫到中途，覺得樹幹沒有存在的必要。

回家時，入夜後海德公園西南角那段靠路邊黑壓壓樹影會先陪我走一小段，等走過熱鬧的肯辛頓街，荷蘭公園入口附近的樹影又會陪我再走上一段。

高興著路上巧遇黑透兒，
他住我的下兩站，
他也喜歡一路直走回家。

黑透兒有一雙鷹似的眼睛，尖勾大鼻，頭髮平整油順往後梳，下巴的鬍子理得很有型。無論講什麼事，誠懇專注直視你的眼。有時覺得他應是教堂告解室帘後的那位神父。

依慣例，聊著作品上的煩惱與我的思索，
他仔細傾聽。

其實這天沒什麼特別，
直到他說了一件自己的事讓我專心了。

十年前在一個宴會上，
黑透兒認識一個香港女生，
兩人約好十年後的十一月某日，
一定要互寄卡片給對方。
不爲什麼，
只爲約定。

他說他一定會依約定寄出卡片的。
「就是今年了，1998。」
我見他說時眼中閃著亮光。
他走著走著停下腳步，
從背包裡翻出記事本，
「你看，就是這個地址。」

不知該說什麼話，
望著他的簿子，遲疑著。
舞會裡的戲言誰會當真呢，
他必定對結果要失望的；
也驚訝，
眼前這位博士班的學生，
作品皆是令人坐立難安血肉模糊畫面、
經過社會歷練也當過老師的大紳士，
竟緊守著一個隨口約定，浪漫的諾言。

但若是真的呢，
我又沒把握了。

「真好。」我喃喃的說。
比較起他的執著，
我為自己的不真誠有點羞愧。
他把記事本收回背包前又看了地址一眼。

「也許她根本不會寄卡片，
不過你等著，我會跟你說結果的。」
他微笑著說。

深夜，電視兀自播音放影，
畫了一張狗。把畫好的圖拿在手邊左看右看，
想著自己的高興不知是喜歡圖還是喜歡狗。
睡前忍不住又拿到床上邊看邊想。

「Quentin Blake選了幾個學生，
兩星期看一次作品，你在名單上。」
一天早上，Allan興奮跟我說。
「你去看佈告欄，我也在上面。」他補充。

看我反應不大，他說：「你知道誰是Quentin Blake嗎？」我搖頭。「天！你一定
會知道的，如果你看到他的圖的話。」Allan好自信滿滿；Quentin Blake像是他
珍藏的一個寶。

我的金牌童書偶像是John Burningham。
如果有誰告訴我他要來並選我當學生，我可能會魂不守舍直到上課那天。然後我
要問他一百個問題包括每天吃什麼喝什麼做什麼消遣；什麼時候畫圖什麼事會讓
他分心。

「他和JB一樣有名嗎？」我問。
Allan說：「喔，那可有名得多囉，沒一個英國小孩不知道他的。」
「你聽過Roald Dahl嗎？」Allan又問，「Roald Dahl的書都是QB畫的，你去書
店看看。」

回家路上，繞進書店。
赫，我的JB書少少幾本，Roald Dahl和QB合作的果然滿書櫃。
上課要談些什麼呢？
要不要拿以前做過的書給他看呢？

愛這種東西很難言喻，「愛」的生命可以延續多長？
畫下來愛就存在了，畫狗的時候我這麼想。
生命本來就永恆，但作品可以讓生命在視覺上做另一種形式的永恆。

畫狗的時候，我都會微笑，心裡感覺很溫暖，我想這應該也是創作的力量吧。
愛是創作的力量，當然恨也是，有人是用恨來創作。
不過，我要選擇前者，

# 也

許QB會給我一些武功祕笈？

第一次上課前，
我已經把東西準備好了。
一些最近的畫。
但以前做的幾本書，
從櫃子裡拿出來又放進去。
放進去又拿出來。

「帶去啊！」
坐隔壁的Allan看我猶豫的時候總是這麼講。
「你應該給他看一看的。」Allan說。
「為什麼不呢？」Allan問。
對，為什麼不呢？

我開始解釋，我大概是說：
「因為我不想讓QB以為……以後還是想畫這樣的書……希望他可以先認識
我……然後……從現在的畫給我一些建議……我想……找新方向……」之類的。
不曉得我講的他有沒有聽懂，
他倒是做了一個不置可否的表情，
「如果我是你，我會帶去的。」他說。

想像，一位大師應該如何光臨？

看到有一個人從樓梯上愉快的輕鬆的也很輕盈的蹦蹦蹦的下來了。
個子不高紅潤面頰和好奇睜大、可以看見整個瞳孔的眼睛。
在我身旁的位子坐下來，呵呵呵的他說：
「我是Quentin Blake。」
眼神像個頑童。
把這陣新畫的圖推到他面前，他仔細看著我畫的貓貓狗狗。

我解釋這些畫的來龍去脈，然後我說也許這樣那樣可以做成一本書。
QB提了一些人，那些已畢業或多或少都做著童書的學長學姊。
給我一些建議。
一些畫家的名單。
叫我去圖書館找找看。

然後我竟開始心不在焉了。
原本我心存僥倖的想著，也許這一堂課在大師的指點下會讓我突然悟出什麼了不
起的創作道理。但我們的課跟其他老師的其實沒什麼不同，他聽著我提了這個點
子又說了那個概念，他只一次又一次的問我：
「那你想怎麼做呢？」

對，這是個重點，我光發想點子，不知下面要怎麼做。
我其實一直都在等待當我說著這個那個的時候，會有個老師明確的對我說：
「好，這很適合你。你現在就開始發展這個，現在你這樣這樣做。」
但今天我發現，這個決定要自己下。

想到挖土機，
我們東挖西挖毫無概念就想碰運氣挖到點什麼，
但挖土機的手臂不夠長，每次挖到相同的深度，只有停。

這次的課結束了，
在相同深度的地方。

明瞭了一件事，
實力，一定是靠持續累積才能有的產物。
不是有QB我就變成QB了。

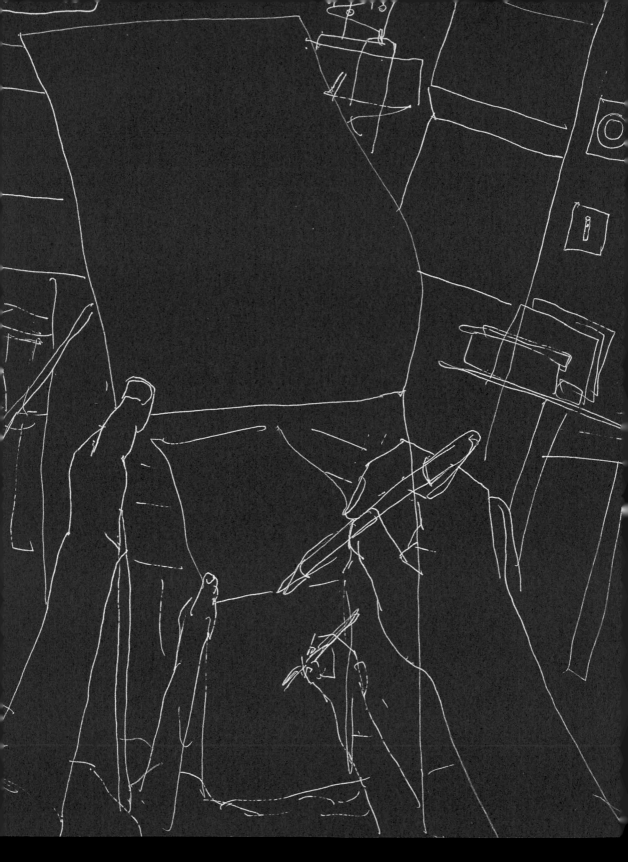

**dawn**[dɔn] *n.* 黎明；破曉；

It is nearly ～. 差不多天亮了

生病了

# L eigh Court,
## Avonmore Road

從學校回來，房間地上躺了一封信，是管理公寓的辦公室發出來的。
講火災演習。

信上說，依照規定這棟樓每年要做兩次火災演習，但顯然這演習並未受到某些住
戶的重視，所以每次演習時還有人很無所謂的繼續留在屋內。辦公室認為，住戶
應有適切的行動來應對這樣的防災訓練。

一年只舉行兩次，一次只有5-10分鐘，信上又說並不是要命令大家統統得走到大
街上，只是希望住戶盡全力配合。信上一些段落特別加了底線，說如果<u>你聽不到
任何警鈴，或是你認為這樣警鈴聲不足以在半夜叫你起床，務必請通知辦公室。</u>

最後信上說，請讓我們一起將火災反應處理控制在兩分鐘之內，謝謝。

躺在地上讀著信，
以前誰住這兒呢？
是佝僂背影毛衣毛褲有深深皺紋的老太太嗎，在屋內扶著桌子慢慢移動著。
移動著、移動著 ，盡力走到門口時，我想演習應該已經結束了。

黃色的門拉開還要右轉走幾步才是電梯；如果不搭電梯，那麼得陡陡
的爬上眼前這座樓梯。這樣的樓梯爬了一層後面再跟著轉上三層才會
到我的房間。
很膽小，往後走也害怕，往上爬也害怕。
怕靜怕屋裡不動的空氣。

# 搬

進老人公寓不久就生病了。
膝蓋有一天莫名其妙像被針刺了一下痛起來。

膝蓋的痛先是隱隱約約，一天比一天更痛，後來走路竟一跛一跛了。在英國念書
有幾件重要的事非做不可，其中一件就是要到附近的家庭醫師那兒註冊。雖然學
校護士有醫師名單，只覺得麻煩沒理會，現在真的病了，更是拖著沒管。

朋友看不下去，替我尋到最靠近住處的家庭醫生地址，有天下午犧牲自己的時
間，硬拉我去。照地圖一步步找去已是二十分鐘。

一進診所，有五、六人等候。
拉拉朋友的手說：「我們沒預約呢！」
她不管，跟護士說：「我們要掛急診。」
「你在這註冊的嗎？」護士問我，我搖頭。
「那你先註冊，兩個禮拜後再來。」護士說。
朋友急了，她說：「可是我們是急診。」
「這裡每個人都說是急診。」護士回了一句。
「我們先回去好了。」我說。

重重厚厚織滿綠藤蔓的老窗帘早已被我拉緊，陽光勉強透進縫隙看我，躺在床上
我很想嗅嗅新鮮空氣。有片刻驚覺我的生活竟已完全像個虛弱老婆婆：膝蓋不能
行走，怕光，嗜睡，不願跟朋友說話，不出門。
還有，不知怎麼的，怎吃都不飽，胃好餓啊。

我是兩個我，
一個不明所以看著虛弱的我，
一個則是好端端清醒的我。
「你是真的病了嗎？」
我問我。

我住處的窗口，色鉛筆練習。

Leigh Court, Avonmore Road．住處窗口往外望。

**學**校去得有一搭沒一搭，圖也是畫得有一筆沒一筆的。
幾乎整整兩個星期沒去學校。
最大的發現就是發現沒人發現我沒去學校。

「好像很久沒看見你了。」他們像想起什麼來的說。

沒去學校的時候，常常站在窗子前向外看。
隔著路，是一間幼稚園。

幼稚園前有一條小路對著一條L形的巷，L形的巷底又垂直接上一條馬路。
在那垂直的交點上，有一戶砌著紅磚牆有圓窗的屋子。
圓窗屋子右邊沒幾戶是一家自助洗衣店。
提著衣服去洗衣，等洗衣的時間，又到洗衣店旁邊的修鞋店看老先生修鞋。
這附近的屋子都認識我了吧。
這個城市，屋子比人要更認識人，有時我會想。

幼稚園是一幢只有一樓高的水泥建築。
平平的屋頂上有時淺淺積了幾灘水，常常淺水邊站著幾隻胖胖的鳥。

鳥是從不遠的泰晤士河飛來的，聽管理員說。
牠們在水泥屋頂和紅磚房之間飛來飛去，總顯得興致勃勃，不知在高興什麼。

鴿子也是另一群從窗口看見興致勃勃的鳥，飛得比較低，幾乎像是用走的。
牠們不屬於平屋頂和紅瓦高屋簷。
牠們屬於路邊的小公園和傍晚帶麵包來餵食的人。

飛機固定從窗口的左邊飛到右邊，每天可以看到好幾回。
它也是鳥的一種，有時一隻有時兩隻。
一隻在窗的左邊，一隻在右邊，
機翼打著信號光，要在希斯洛機場降落了。

從來沒有看過有人出現在這裡

往自助洗衣店的小路

小孩和老師在這裡

馬和警察站這裡

鳥喜歡在這裡站一排

你確定看相片的時候所有的景物都看進去了嗎？畫了才曉得，原來我們平常都錯失 很多細節.

**有**天早上從窗戶望出去，
意外看見警察騎著馬站在幼稚園裡，
正向小孩脫帽招呼。

看到小孩都高興得不得了。
看到警察下馬，馬順著警察的手勢低下頭。
看到小孩一個一個輪流上前拍拍摸摸馬的鼻子。

老師時不時跟大家解說些什麼。
老師說著說著小孩都點點頭。
警察牽著馬微笑的在一旁聽著老師講話。
不多久，警察跳上了馬，馬低頭向大家行了一個大禮。
警察帥勁的拉了拉韁繩，轉身，躂躂躂的騎走了。

看到小孩在後面拚命的揮手說再見。
一早可以看到馬真幸福，我也好想是站在那裡的小孩，
可以一起用力揮手。

讓人心煩的病痛，經過保險公司的協助，
終於在一個離住的地方很近的醫生那兒註了冊。
醫生做了一些檢查，說不出所以然，持續給我止痛藥。
有一天淑半開玩笑跟我說：「換個床位吧。」
我忽然想開，覺得既然什麼檢查都說沒問題，
那我得下定決心跟這個怪病說再見才行。
真、的、是。
在心裡重重的和它說再見，
我說：「管你是什麼，我要畫圖了！」
藥收進抽屜，不再管它。

膝蓋痛肚子餓討厭陽光什麼的，
反正我要去學校就對了。

——▲ 月十四日情人節。

——▲——

從海德公園經過。
兩個日本人，一男一女都很年輕，乾乾淨淨彬彬有禮，迎面過來跟我打招呼，問我是不是日本人。我說不是，但說一點點日文沒問題。
啊，講日文，讓對方好驚喜。

熱誠男女立即嘰嘰喳喳馬上用日文說起話來。內容關於上帝，這個我知道。嘰嘰喳喳當中有個字一直出現，一直沒聽懂。對方改口說英文，我還是聽不懂。
但我猜，約莫是經過了那件聽不懂的字的事之後，從此人生光明。

熱誠男女問我今天想不想「做」？
做？辦？參加？今天？
我有點遲疑。

懷疑老婆婆附身的我的腿關節還沒好，而且下午三點多了，天沒多久就會黑。
對方很正派的樣子，而且聽起來不是件壞事；熱誠男女還說教會天天都有人在，大家經常去禱告。日本人的眼神，很期待。
「牧師和牧師娘，人很好。」女的說。「對、對。」男的在旁附和點頭。

倫敦同心圓狀向外分為六區，那教會在第三與第四區。
電車坐得好遠，那男的用一種很高興的表情發呆，女的常常閉目，我想她應該是在禱告。要不要反悔呢？會不會出事？沒到目的地都可反悔，趕快說再見吧。

偶爾瞅一瞅這兩個不認識的人。
他和她，是壞人嗎？

天就要黑了。
東轉西轉幾次地鐵，終於出了站。好冷，我把帽子圍巾又圈緊一點。
這裡的景象不再是雍容華貴的肯辛頓區。
兩層兩層看不清顏色的老磚造房沿著馬路兩側排開，都是印度人經營的商店。

# 這 裡真的比倫敦市中心冷多了。
女的走得飛快，我老是落在後面好幾步。

東彎西拐，終於來到一戶也是兩層樓磚造房前，窗戶裡透出燈光。
按鈴，門開了，「是牧師娘。」女的說。
一個講道台和十來張長椅，看起來靜靜的。

等牧師出現，氣氛重又活絡起來。
女的很快跟牧師描述我們的巧遇，
今天我願意來，完全是上帝的安排。
牧師示意講台前第一排長椅的首位讓我坐，
大家接著依序坐在我旁邊。牧師說他真的很高興我今天願意「做」。
「你準備好了嗎？」他問。
我微歪著頭，不大明白我準備好什麼。
接著他解釋他的教會如何與別的教會不同，解釋著一些過程。
突然我明白了，我明白了！我要「受洗」了！那個聽不懂的字就是「受洗」！
大家為什麼高興是因為我要受洗了！

baptise。

怎麼這接下來的我都聽懂了呢？
我知道我需要換上一件潔淨白袍、摘下戒指和光腳。
這是一個遵循舊制的教會，
受洗將在露天的池子中舉行。
還可以拒絕，拒絕吧拒絕吧。
但我溫吞好人的個性竟然讓我投給每雙期待的眼睛一個微笑！
天！這是怎麼回事呢？

我竟然、還是、換上了白袍。
四名歡喜的日本人將我簇擁到後院池邊。
望著前方花園裡一方看不清內容的池水，天已經黑了！

如果發生什麼事，我要怎麼跟家人交代呢？
也許很久很久以後，我才會被人發現吧。
或者我是埋在後花園裡永遠的祭品？

坐在一張木椅上，大家圍在我身邊。
牧師看著我說：「等下會很冷，但很快就過了」。

我
竟然
跟他點頭。

牧師說他會先下池子裡，叫我看他招手就過去。
說當他念禱告辭的同時，我要屈膝浸在水中。
說等他對上帝說完話以後，我還須全身浸進水中，
那時受洗才算完成。
我又點頭。

牧師跑進水池裡了，他半身浸在裡面。
我盯著黑漆漆的後院，盯著已經在池中禱告的牧師，眼角餘光偷瞄在池邊熱切期
待的另外三人。我緊握雙手，想著死了都沒人知道的時候，牧師對我招手。

才下池子，是嚇了好大一跳的冷，牧師一把將我身體按入水裡。
牙齒冷得急遽打顫，脖子以下現在都在水裡，因為太冷，身體強烈晃動起來。
這是死前嗎？我想。
在這最後，我想跟家人說什麼？

忽然，牧師示意要我將全身浸下，那是說我的頭也要浸入水中。受洗即將完成，
就差這一步，但我的身體已經完全不能控制，劇烈顫抖著。
顫抖著勉強將臉浸至水面的剎那，牧師毫不遲疑的將我的頭用力按進水中，
沒站穩我就在水裡像球一樣浮了起來。
感覺有雙手及時將我領子拎起，半拖半拉我離開了水池。

兩腿發軟走上階梯。
全部四人高唱哈雷路亞哈雷路亞。
我頹坐在木椅上，牧師娘用毛巾不停替我搓著背。

在更衣室鎮定，換回原來的衣服，頭髮吹乾。

前廳，大家笑咪咪的微微側身點頭請我喝茶吃蛋糕，從此我是
上帝的子民。歡迎你每個禮拜都來我們這裡，「我們會為你禱
告。」牧師說。

方才的冷，餘悸猶存。

二月十四日是我和上帝的情人節嗎？
上帝選這天給我這件好大的禮物。
也許祂費盡苦心，就是要告訴我這個容易傻呼呼高興的人，
不能不知道安全的重要。

媽媽寫信來：
瑾倫，上帝常有這種功課給我們。
不管是苦難中或享樂中，每件事上都有要我們學習的功課。
不管是順境或逆境，心中都要有感謝的心。

飛機飛過

經常以蛇行的路線繞著學校和住處之間的巷子走路，走
得很熟。尤其喜歡看窗子，不同時期的窗子、不同顏色
的窗子、不同開法的窗子、窗子的排列、窗前的擺設、
窗後的動靜……搭巴士不到十分鐘路程就到的學校，常
常花了兩個小時才走到。

想像著我和台灣有多近，近到只要搭上飛機16個小時不到；看不見飛機的時候，又想我和台灣有多遠，遠到出門搭巴士都沒辦法。

sa還是過著在插畫人中當油畫人的日子。

和她一起去看畫，是莫內的蓮花池，排隊排好久才進去的。一個大展間咚咚咚我一下就看到盡頭，回頭找她，發現她坐在大師作品前滿臉幸福微笑凝視著。

「你看，那光。」她說。
「光怎樣？」我問。
小心翼翼坐下來，就怕破壞她與圖之間的氣氛。
「真美。」她嘆息。

後來我跟著她在每幅畫前都坐了好久，吸引我的不是莫內而是Åsa的堅持了。

回到學校，她在工作室裡又開始畫起小張的素描，又問可不可以素描我。

堅持是什麼滋味呢？
信念是怎樣的信心呢？
沒有信念創作，
應該就無所謂堅持；
沒有堅持，應該就無所謂方向；
沒有方向，就沒風格。
沒風格，也許畫著畫著，
畢業後，我們都還是一樣是那個拎著畫袋，
迷失在大環境裡的尋夢人吧。

Åsa把我當模特兒，用單彩畫了很多的我，做事的我、和
老師上課的我、窗邊畫圖的我。
她說這些都是練習等她練習好不知道最後會油彩
怎樣的作品？快二年級了，我始終見她在練習。
當Åsa畫我的時候，工作室裡總還有其他同學。這畫裡應
是把我們的閒聊和笑聲也藏進去了。

Allan的桌子。一個八點就「開工」，下午四點過才「收工」的桌子。我發呆的時候，Allan好心借我看他的畫畫本，每一本都滿滿的。我沒看過Emma什麼記靈感的筆記，我也沒見過Åsa記。老師問我在畫畫本記筆記的事快一年，還是建立不起任何秩序。決定放棄。繼續畫著，老師鮮少問我了。反正只要有新作品，我們就開心。

llan給我看他腳上的鞋。

一隻鞋已經開口笑了，他又伸起另一隻鞋來看。
這另一隻鞋，也差不多要開始笑了，「過幾天，得去找一雙新的。」他說。

看著他的鞋，我笑了。
開口笑的鞋，這個人穿得怡然自得。
Allan又拉一拉身上薄棉夾克，「這也是Oxfam的。」他說。
Oxfam是家連鎖慈善二手商店。
「還有這個。」他提起掛在椅後的背包，
接著又揪揪襯衫領子說：「這件也是。」

他把可以掏出的家當，都統統掏出來給我看。
除了紙筆是從新的開始外，統統都是二手、三手甚至不知幾手的。
面對他的簡樸生活我有一點慚愧。
回家路上也有一家Oxfam，繞進去想依樣學樣，看看自己有沒有惜物的眼光。

沒過幾天，到同學Miho的住處喝茶。她房間桌上擺了一隻塑膠米老鼠雨鞋，雨鞋裡放滿她的筆。我說：「好可愛的雨鞋。」Miho說：「哈哈，可愛吧，路邊撿的唷。」
原來環保惜物光去Oxfam那樣的地方是不夠的，還需有尋寶獵物的眼力。

又一天，Allan送我一盒他珍藏的鉛筆，鉛筆小到藏在火柴盒裡。
見識到所謂鉛筆「不能用了」的定義。

毛衣不知何時被蟲啃了個洞。看著那洞，以前會在意的，突然覺得好像也沒什麼關係，直接穿上就去學校了。

穿破毛衣上學，竟喜孜孜有種小孩做了光榮事的得意。

最早James自我介紹中描述的「水蒸氣自我」，經過七個月在我心中
冒了一點小芽。那個會從碗中蒸發凝結成水滴、再蒸發變成空氣的一
部分、再變成雲、雲再變成雨、雨再落到地面的那個無法掌握自己的
小孩，轉化成一個角色在我心裡。
很快畫下來存著了。
老師一直要我存的是這樣的東西吧。
七個月發了個小芽，那說不定七年就可以長成樹了。

黑 透兒和Allan大吵一架，而且已經
過很久了。我眞鈍，一點都不知
道也沒察覺。那兩人就背對背坐
得很近哪。

吵架那天我不在現場。

沈貴抿一下嘴角又跟我比了一個手勢，猜
那大概是「兩人完了」的意思。問Emma到
底是什麼事，Emma說好像是兩人對作品的
看法不一樣；不過那作品不是黑透兒的也
不是Allan的，是別人的。
又而且那天她也只是趕上颱風尾而已。
「不過，他們應該是不會再說話了。」
Emma無奈的聳聳肩。

無論如何，偷偷的欽佩起這兩個人來，有
什麼觀點需要這麼兇這麼狠、又這麼絕
對？有什麼能這麼理直氣壯吵到絕交的？

去看了攝影展，是布列松的，慶祝九十歲
生日。他說拍照的時候，攝影鏡頭要放在
與視平線、頭、眼和心平高的地方。

1.

2.

3.

4.

畫了一張貓的理容圖。
有點發現當初學校入學前寄給大家要做那個叫A Personal
Sense of Place自我介紹功課的用意。也許學校並沒有這
個用意，但對我而言，它有了一點點意義。至少，從入
學那天起，我就開始因這個功課開始思索「我」在哪裡？
我的作品要從心裡的哪個地方拿？可以源源不斷的拿嗎？

Morandi應該是我喜歡的畫家中排名第一
他一輩子畫很多很多瓶子。
聽說他很安靜。

聽說他會把家裡破掉的、廢棄的瓶瓶罐罐，
或是盒子，都小心蒐集起來，擺在一個
櫥櫃裡。每次作畫之前，都小心翼翼的重
新安排瓶罐之間的「社交關係」。

若靜物是有角色生命的，那他的瓶子一定是
會輕聲細語說話、有時簡直是竊竊私語的那種。
他的瓶子的表情總是並排發呆的、互相依靠的、睡著的、
微笑的，有時顯累或是沮喪。

總之，無論什麼表情它們是安靜的。

還聽說，Morandi為了畫出更有厚重質感的瓶子，
他還把加了白的顏料倒進瓶子裡，讓瓶子看起來更不透
明。
其實，這些瓶子已經不是瓶子了，它們是一種「字母」，
Morandi用來拼出繪畫語言的字母。

坐在工作室中東塗西畫，我也專心找著屬於自己的繪畫字母。

# D
ucklings' Bathtime
Molly Brett (1902-1990)

大的，
我今天在一家二手店裡，
看到一張明信片，畫鴨媽媽一家，20p。
不知道誰是Molly Brett，他應該已經死很久了。不過在他死很久以後的今天，一個他想都沒想過的人，在一家二手店，買了用他的畫印製的明信片，然後再用這張明信片寫信回家⋯⋯他的人不在，他的畫卻一直一直在這個世界上因為各種理由轉著轉著⋯⋯

我比較喜歡這種像小鴨子的小鴨子，
而不是鴨頭人身的那種。
故事書裡的鴨媽媽好像都會打毛線。
那時代沒有吹風機吧，不然，畫裡面小鴨子就可以自己拿吹風機吹乾了。
這個鴨子家竟有一個狗瓷玩偶⋯⋯一個鴨媽媽要照顧八個鴨小孩，為什麼故事書裡鴨媽媽的眼睛，都會畫得那麼有智慧又很慈愛的樣子呢？要把眼睛畫得很有智慧又很慈愛好像不是那麼容易。

回饋你一張浴室裡的五分鐘速寫練習。

後來發現，其實自己不知不覺還繼續做著A Personal Sense of Place這個入學時以為交差了就沒事的功課。
一個不停尋找著「我」的功課。
我在做什麼？看到什麼？想什麼？
明信片背面畫下「現在我所在的地方」後寄回家。
我在哪裡呢？
我在我筆下的那個地方。

評估可否升二年級的評鑑日，教授老師
圍著一張大桌子，就坐在當初我上寫作
課的那個房間裡。我站在寫作老師抽煙
的窗前，桌上擺滿這一年的作品。

幾乎都是狗。

我每解釋一張
他們就笑一次。

英國人
果然是愛狗的民族
我想。

有個校外來的教授說
想看看我平常練習的
畫畫本。現場只有一本而且沒畫滿。

又另個教授問我是否喜歡倫
敦？我回答他有關走路看窗子
的事。應該是答非所問。

後來他們竟然開
始聊起狗和英國
究竟有哪些代表性
的窗子來了。

氣氛很愉快。系主任問大
家還有沒有問題要問我？

沒有。

這些狗，他們應該是認得了。

里斯本印象 1998 Gouache

暑假申請到可以使用里斯本的工作室兩個星期。對於我,那是個新城市;對於里斯本,我是個新訪客。

搭渡輪的時候,遇到醉酒的怪人衝我搖搖晃晃而來,我躲到候船的人群裡。時空,剪貼在一張色紙上了。

同學，被當掉了兩個。
幸好都不是我熟的。

大家在暑假回家以前，
已經打點好先回來的Allan幫大家佔位子。
二年級，我們要移工作室。

「靠窗的，拜託拜託。」我說。

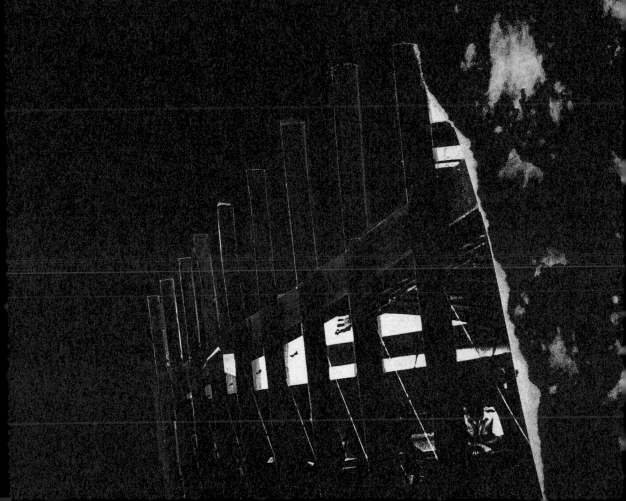

里斯本印象 1998 Gouache

輪胎綁在船的兩側防撞，車子都駛上船等著過河。我剛剛也在船
上，站在甲板上等靠岸。
看一張風景相片畫一張圖和看著一張自己拍的相片畫一張圖，我
相信圖裡透露出的感情是不一樣的。後者會揉入當時在那裡呼吸
過的空氣、感受過的心情、心裡映像出的萍水相逢的人。

關於那個常常用力想著，創作原點究竟該
是哪裡的問題，我想，應該就是看看哪裡
放最多心就是那裡。
在找了一學年之後，暫時，
這會是我的答案。

放完暑假，回到倫敦第一件事是和Åsa去
IKEA把原本的老太太窗簾換掉了。

Åsa叫我相信她，說早上一定要在綠色的
陽光中醒來，心情會非常好。

倫敦的夏尾秋初，還有令人愉悦的陽光。
「二年級你要做什麼？」我們互相問著，
幸好還有一個二年級可過，我偷偷慶幸。
我有好多東西想做。

← Allan的超人

下午可聽見窗外馬蹄聲

←這種小包裝的葡萄乾在下
午提振精神還蠻有用。

↓燈泡細部圖研究？

暖氣並不暖╱

靠窗的位子，光線剛好。

╱戴安娜十幾歲的相片

領了新檯燈╲

←我暑假回家素描了一張
「黑貓臨終圖」，把大家
弄得難受的要命。

↑我的座位。
老師也會來這裡和
我一起看作品。

二年級的工作室。Allan替我們佔了沿窗
一排靠窗的位子，大家都有。

* **bright·en**[ˈbraɪtn] *vt.*
使光明；擦亮；使生輝；

二年級

開 學了，還有件事我想我永遠也拿捏不會。
關於吻。

淑大步走過去想給西米露一個吻，一個對好朋友貼心的面頰吻，一個表示很久不見而你仍是我很好朋友的吻，一個表示關懷的面頰吻。

西米露看淑大步走過去，突然雙手在胸前揮舞，
「No, no, no kiss, no kiss!」邊說還逃到角落去了。

淑看他驚慌失措覺得好笑，調侃他說：「嘿，老兄，難道是我的吻有毒嗎？」西米露被說得不好意思，他說開學這個吻那個吻的，已經被吻夠了。
我站後面，很高興有個人主動表示不吻。這兩個星期，對迎面而來的同學和老師，我心裡都嘀嘀咕咕：「到底這個要吻不吻？」

在工作室裡遇到Beverly，她輕輕搭著我的肩，右臉碰一下後左臉又一下；遇到Emma時，右臉一下，左臉一下；遇到Allan時，我們揮揮手算打招呼了；遇到Mark時，他熱情的衝過來給了一個紮實有聲的面頰吻；遇到我的老師，他大高個子彎下身兩頰輕輕碰一下說：「暑假過得好嗎？」

只要擁抱還是要有臉頰吻？
一個吻還是兩個吻？
要吻不吻？
要吻不吻？

純粹想看看一旦坐下來，五分鐘，五分鐘之內我可以畫多少東西。坐在房間裡畫，能畫的都畫進去。生活裡究竟有多少物件其實不存在我們每天的視線裡？坐下來畫就知道了。

# 整

理在里斯本做的作業時，同學都很有興趣的圍過來看，你一句我一句好不熱鬧。

Dora是里斯本人，她也很興致的看著。
「沒想到這些平常的東西，看起來都不一樣了。」她說。

我喜歡Dora，永遠挺直的腰桿，棕色發亮的皮膚，黑髮，個子不高腿很長身材豐滿，講話常一隻手插腰，熱情又氣派。
想起在里斯本，在蜿蜒曲徑上遇見的自信時髦擦身而過的女士、石階上掃地的老婦、端坐露天咖啡座小口啜飲濃縮咖啡的小姐，原來她們都是「Dora」啊。

每星期四晚上，學校的素描工作室開放讓各系的學生畫人體素描。
今天去的時候，旁邊別系的一個女生，用嘴銜著筆彎著腰在地上的畫紙上隨著音樂畫著圈圈很盡興的樣子。
一圈又一圈。
一圈又一圈。
一圈又一圈。
這可是讓我分心了，
不能專心在模特兒身上只好素描起她來。

學校裡學生耳語，別把最寶貴的藝術創見糊里糊塗跟老師說了。因為畢業後，老師也是心狠手辣的對手。
是畢業這件事頓時把大家變精明了嗎？

里斯本畫廊裡賣著卡片，有一張是一隻小牛驚慌失措的沿路狂奔，路人為了閃避紛紛跳上窗台縱聲大笑的明信片。我看明信片開始也是笑的，但看到小牛的表情就笑不出來了。我們笑是因為也站在路人甲乙丙丁的立場笑，但這個世界上，可以開懷大笑的事太多了，但我不要因為小牛的驚慌而笑。
畫下這張卡片，畫了一半，覺得這樣就夠了，因為好笑的是那些掛在半空的人。

**每**天「看看能畫出什麼」繼續用五分鐘在房間裡畫著速寫。
筆不停，腦不想，只是描繪看到的線條輪廓。

二年級，不知怎麼，空氣中有一種鳴槍起跑前的氣氛。每個人做事都變得快一些、走路快一些，這裡那裡談著未來的人多了一些、在走廊沉思發呆的也更多了一些。。

上學時在巴士站巧遇公寓經理祕書，有件事一直都想問。
猶豫著、猶豫著，斟酌著我的句子，終於，
「以前住在我房間的老太太，是搬走了嗎？」我問。

祕書的表情我不大懂，那表情應該是要輕鬆表示「喔，原來你問這個啊」。她和善客氣半微笑的說：「她過世了，在你搬進來前四個月左右。很遺憾跟你提這個，不過，你也知道，九十六歲很長壽，她住那間房也三十年了。」

一位九十六歲的老太太在我房裡緩慢走動的樣子浮現我心中。
從六十六走到九十六。

很想繼續問的：那麼，那位老太太膝蓋會痛嗎？她怕光嗎？她常常餓著嗎？她一直蒙著頭睡覺與鄰居不相往來嗎？她不愛拉開窗簾嗎？

幸好巴士來了，我們都上車，坐一前一後拘謹的沒再交談。

反正，我早就不怕了。
我只是想知道一點究竟罷了。

發現自己還蠻喜歡這種「不動腦」的線條，如果持續畫一個小時，應該可以從房間裡畫到房間外，再從房間外畫到屋子外了。可以短跑也可以長跑，或者馬拉松。反正就是線條連結著線條，線條組成物件，物件組成畫面。很有意思。

一　年級，換新老師。

我的老師長得像帕華洛帝，臉粉紅通通的，總是很開朗的笑著。
我很喜歡他。
我們坐在桌前一起看著里斯本的相片和圖。
「呵呵呵、呵呵呵」，他很喜歡笑。
覺得他懂我的幽默，我們幽默的點是相通的。
他也看得懂我畫裡的悲傷，所以他也懂我想傳遞的難過。
這些對我好重要，一個老師能和我站在作品裡面一同感受。

「喔喔，看看那可憐的東西少了一支角。」帕華洛帝老師說。
「喔喔，看看那樹，應該會長大吧。」他很擔心的說。
「里斯本很熱吧？」他做出熱的不得了的表情。
「對啊，我覺得應該在里斯本上空撐一把大傘的，實在是太熱
了。」我說。
「你看這兩隻，應該是想：老天，終於來了一棵樹！」他說。
「哈哈哈，對啊！」我笑，「它們等一輩子了。」我說。

他沒有問我這些圖打算要用來做什麼。
但他每次大約半小時的對談裡佔掉一半時間的閒聊，
卻可以啟發我一整天持續對這個主題更多的延伸想像。
是不是很奇妙呢？
我和老師的閒聊，像接力一樣，後來也許變成我和Allan的閒聊
或是我和Åsa和Emma的閒聊。做作品的時候也邊說一些，喝茶的
時間也又再說一些。

總是在這些字與字的碰撞交集之後，心裡有了更多的想法與趕快
做的渴望。
趕快做趕快做，期待下次上課的時候，可以因為作品再多談一
些、多笑一些。

二年級，想做的功課很多，現在時間好像太少了。

Allan從系祕書那裡拿回好幾張名單。

「你要不要一份？」他問我，他要寄期中展暨Open Day的邀請函。大家說期中展是二年級畢業展的暖身秀，一二年級都在這時候展出的不是完成品而是過程品，過程品可能會繼續發展成完成品或在這機會中遇到買家伯樂，一躍而成待價而沽的潛力作品。但也有可能不會。

一年級剛入學沒多久，所以他們在這時候是學習意味居多。二年級要推送畢業，學校全力支援。

我搖頭，因為不知可以寄給誰。

「呵呵，這有可能都是你未來的老闆哪。」Allan邊說邊專心研究手上那份名單。

這是二年級大事，錯過了可惜。嗅得出大夥兒摩拳擦掌小試身手的味道。

Emma紅著一張臉進來，有點喘。

「你看我的臉是不是很紅？」她問。

「嗯，有一點。」我說。

「哎，糟糕，我總是會臉紅。」匆匆忙忙她又走了。想到朋友貓很久以前寄給我一本書叫《馬賽林為什麼會臉紅》，當時她買不到新書，就先影印一本給我。黑白影印書裡每一頁的馬賽林，她都細心的用紅色鉛筆塗上紅臉。

工作室裡，收音機只有一台，一下子流行音樂，一下子八卦節目，一下子又轉為古典頻道。沒錢天天餐廳喝茶，大家很有默契的輪流買著加在紅茶裡的牛奶凍在窗外。

要說畫圖很簡單還真是很簡單。選一張紙，找幾枝筆，加上一些顏料和一些水，一條線變成水平面就是海，海上畫幾個幾何圖形點幾個窗子就是船，畫一根斜線在邊角就是岸邊，邊上再塗幾隻鳥的身形就是水鳥，水鳥點上眼睛，就有神情，畫上雙腳就有姿態，筆觸不穩反而似有海風吹過。

拿一張白紙，點一個黑點，如果我要我解釋那是一隻吃得太飽的蒼蠅也可以。

插畫只要有它的說服力就可以，但，我認為一定要先說服自己才行。

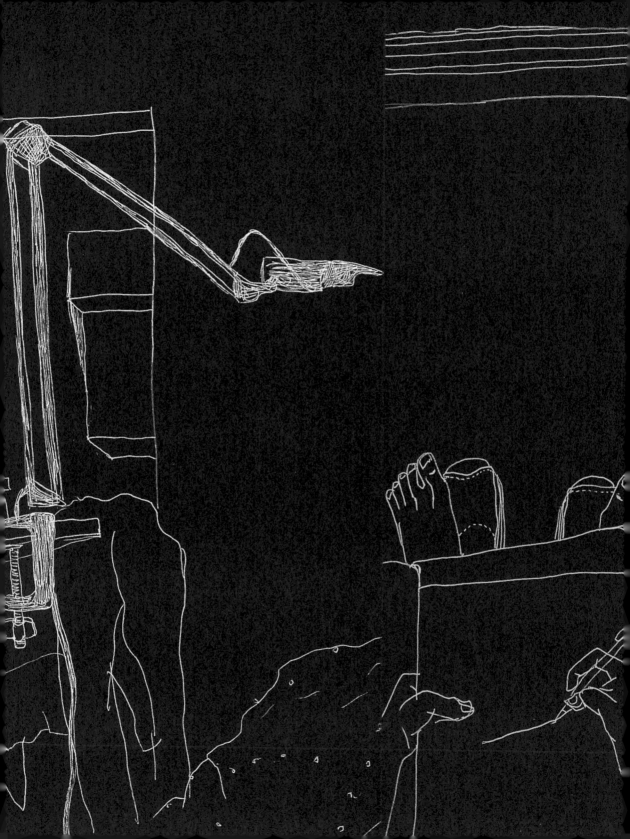

# 和 Åsa瘋著去看展覽。

看完走出畫廊，我說：「真想當一個藝術家。」
「你已經是一個藝術家了。」Åsa用你在講什麼啊的眼神看著我說。

「我不是。」我說；「你當然是。」Åsa說。
「不然，你認為你在做什麼？」她問。
「嗯，」猶豫一下，「畫圖。」我說。
「所以那就是啦，你畫好看的圖。」她又說。
「但那只是好像看起來好看的圖。」我又說。
「那又是什麼？」她問。
「就是看第一眼好看，繼續看就沒什麼了的那種圖，這和是不是藝術家是兩回事。」我說。
「總之，我認為你已經是了。」Åsa說。

黑透兒的媽媽來學校，和黑透兒坐在一起。
現在從里斯本來的臉我覺得都讀懂了。
黑透兒媽媽笑嘻嘻好慈祥，兩人都說笑個不停。黑透兒媽媽雙腿擱在另一張椅上歇著，應該是在市區玩一趟回來了。

黑透兒的作品血淋淋的，裸肉、血管、噴濺的汁液破碎又殘缺的。比照他斯文紳士的樣子，我從來也想不透，很不禮貌的問他：
「你媽媽看你圖的時候，都說些什麼呢？」
黑透兒哈哈大笑，「她說她完全能懂。」

五分鐘不停的速寫，有一天停下來，覺得可以了。
如果我知道這樣繼續畫可能暫時不會有什麼新進展，
也許該停一停，我想。
專心不動腦的五分鐘其實還蠻舒服蠻有意思的。

學校過馬路就到的亞伯特紀念碑，整修後的盛大揭幕禮。晚上七點半，好多人都來了，包括女王。

從學校樓上用望遠鏡看到她，紅色大衣戴帽子，黑烏烏的海德公園，黑烏烏深色禮服的人裡，她是整個夜晚最亮的那個紅。

問不完的為什麼。

「為什麼你認為茶加牛奶很噁心？」我問Åsa。

「嗯。」她做一個好笑的表情，「茶加牛奶是英國人發明的。」她說。

「為什麼婚禮教堂裡飛出來的一定是白鴿？」我問Allan。

「如果新娘後方飛出來的是灰鴿，那不就像飄出一片烏雲了嗎？」他說。

「為什麼英國人用洗碗清潔劑後不把泡沫沖洗掉？」我問Emma。

「有人會洗掉有人不會，但電視廣告都是留在杯子上的啊。」Emma說。

「為什麼你要抽那個？」我問William，他在捲大麻煙。

「靈感會很多。你要不要試試看？」William說。

「為什麼你還要來念書呢？你已經有出版社可以出書了。」Allan問我。

「嗯，我也不知道，就是看看可不可以學得更多。」我說。

我的心裡，其實一直有個畫面。

創作是一片汪洋，到目前為止，我只是在岸邊玩玩水、拿著浮板漂浮而已。越過汪洋到彼岸，光埋頭苦游力氣會耗盡方向會迷失，最後在大洋中消失。

我想知道在汪洋裡悠游的方法，我想認識同游的同伴。

我想找在悠游汪洋時可用的指北針，那個指北針在世界某處一定有。

設定一個城市、設定一個地方、給自己一段時間。

若得到了，就是收穫；沒有得到，我盡力過。

這就是為什麼現在來這個地方，坐在這個工作室裡的原因。

# 9

號巴士上的車掌，大部分都面熟了。車掌揹著一個票箱，沿每個座位喊著：「Ticket、Ticket！」大家紛紛亮出車票來。

沒票的，說了目的地，車掌按按箱子上的鈕，喀達喀達的一張票就印出來。
一直對那票箱很有興趣，那天下層的乘客只有我，車掌就坐對面。
忍不住我問：「票箱重嗎？」
他竟然就卸下票箱說：「你揹揹看。」
「怎樣？」他問。
「沒想到我有機會揹票箱呢！」我高興的說。
下一站很快到了，趕快把票箱還給他。
乘客陸續上車，
「Hold tight！Hold tight！」不疾不徐他拉了拉鈴，巴士又繼續開了。
調皮的，他對我眨了眨眼睛。

又有個車掌，若那天工作室出得晚，就容易遇到他。從學校到下車那段，人不多路不長，巴士跑得飛快。他是個樣貌斯文溫和的黑人，白天看到他會和乘客聊天講笑話，晚上的他，多半靜靜自己坐在第一排座椅，用手斜倚著頭沉思事情，那是一個氣質的詩人剪影。

這些人，總是讓我覺得小小的感動。
走著走著，不管我們世界的目標在哪裡，我們都朝著自己世界的目標走著。

趁天還沒黑，拎了半條土司匆匆忙忙走到公園的池塘邊。
大家呱呱呱的很吵，都游過來想吃東西。
天鵝也游過來，好大的天鵝啊。
一隻不怕生的天鵝將麵包咬過去，動作輕輕的，嘴喙碰到我的手硬硬的卻也輕輕的。蹲在池邊看天鵝，心輕飄飄的，是快樂的感覺。

起床時被窗外的景色嚇一跳，霧茫茫的景象什麼也看不清。
多雲，坐窗邊畫圖，光線剛剛好。

在柯芬花園看表演的小女孩。
速寫練習的不多，認為直接速寫而沒有經過心裡的沉澱畫出來的
圖是「寫生」，不是「創作」，因為內心情感的部分少了。

大的，

昨天大家在Åsa那裡吃飯，聽Miho在算，才驚覺離Degree Show只剩半年。半年能做什麼呢？這讓我好緊張。以前做書，隨便一過也是半年。昨天我帶10包花草茶和一袋橘子赴宴，Miho帶一盒果汁，Emma什麼也沒帶，但那沒什麼關係。Yuko近四點才來，她帶了冰淇淋。Emma煎了pan cake，然後我們將Åsa做的菜包在蛋餅裡，用刀叉把它吃完。

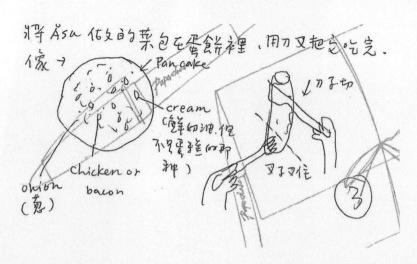

將Åsa 做的菜包在蛋餅裡，用刀叉把它吃完。

像→
Pan cake
cream（鮮奶油，但不是蛋糕的那種）
chicken or bacon
onion（蔥）
刀子切
叉子叉住
③

我們發明很多新方法吃這個蛋餅，吃鹹的還吃甜的，亂吃一通。覺得啊享受生活就是不要對事情有先入為主的觀念，即使像吃蛋餅這件事也一樣。反正就是大膽的吃就對了，遇到不認識的食物，一定不要先皺眉或表示討厭，那就失去樂趣了。

我現在做的里斯本，

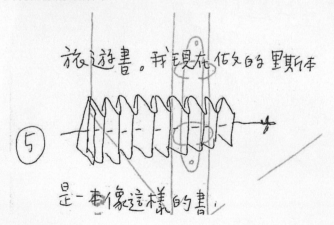

旅遊書。我現在做的里斯本
⑤
是一本像這樣的書。

1月13日以前要完成。

晚上好冷好冷，幸好我有
戴帽子和手帕。明天南姑
在 RCA 有一個為期4天的
展覽叫做 Absolute Secret
（我沒有沒有搞錯）
的 Post Card 展，有全英（但
大部份集中在倫敦地区）
400藝術家，每人寄4張 post card
我們學生也自由參加，我也應該
參加的，但卻被我忘記了，真可
惜。一張 POST CARD 賣£40.
名字在 POST CARD 背後，所以你
很有可能買到一張價值上1000
的名家手筆。但你也可能買到我
們班上 Yuko 的作品，總共有
3000張卡片參展，明天南姑賣
星期六則是酒會，凡是參加的人
都可以去酒會可以看到非常有名
的 Artist，酒會要穿正式的 <u>Dress</u>.

Emma幫我去弄了一張票，但我說我沒有dress可穿，她說買一件以後也可以穿。我是可以去買一件，但買一件以後，我又沒有可配的鞋子可穿啦。Emma叫我帶我的衣服給她們看（因為我說有一件備用的麻紗咖啡色洋裝），Emma說，說不定那件咖啡色的可穿。通常呢，晚上正式的洋裝都很「涼」，所以夏天的晚禮服冬天也可以穿。

下午在Lecture Theater One看完Animation Department的one minute film之後，要回工作室時在學校一個走廊邊發現一張很好的老桌子，桌子上面貼一張紙寫著：「IF YOU WANT IT, TAKE IT!」結果是我要了這張桌子。William和Allan幫我搬回工作室，Emma和Åsa要幫我（我們3人）一步一步搬回我住的地方，而畢業以後，William要這張桌子。大家都來看這張桌子，最悔恨的是Mark，他說怎麼不是他看到，這是一張1930年代的桌子。

前面講關於Absolute Secret的展，聽說已經有人拿睡袋準備在學校gallery外睡一晚，準備搶買一個他們已經知道的名家作品。我和Emma跑去偷看了一下他們camping，覺得那些不畏天寒地凍的學生真的是太厲害了！

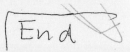

End

ork In Progress Show。

期中展。

我們把「做到一半的菜」都端在牆上了。

開幕酒會,整場氣氛非常士氣。

大家圍著一群一群的喝著酒。

我們這一群是屬於斯文的一群,比較默默的、害羞的、等著人主動來看我們作品的一群。

酒會開始不久,突然William很興奮的跑來找我,他說:「Chinlun,有人找你。出版社在找你。」

起先我沒會過意來,「出版社?」

「對,在那邊。你過去,我帶你過去。」William說。

和William走沒幾步,我那一年級的好好老師來了。

「Hey,Chinlun,有兩個出版社的女士要找你。」他看起來很高興的說。

「我?」我仍不大清楚狀況。

「對,她們對你的作品有興趣,想和你談一談,你跟我來。」老師說。

兩位女士。

「Hi,我是Chinlun。」我說。

兩位女士拿出名片自我介紹,一位年輕活潑,一位年長內斂。

我表情很鎮定,但其實心跳得很快,從進RCA到現在我沒那麼心跳快過。

「我們很喜歡你的圖。」其中一位說,另一位笑著點頭附議。

我們走到圖前,我開始向她們解釋起這些作品來。

里斯本、狗和一些預備接下去做的概念性的東西。

「我們覺得你的空間感很有意思。」年長內斂的那位開始先說,「還有,神情,你看這些動物的神情、這些人的神情,真的很好、很好。聽你的老師說,你在台灣的時候也就在做童書了嗎?」

「你故事也自己寫嗎？」

「這樣很不容易，你知道，可以自己寫自己畫的人總是比較少。」

「你怎麼會選擇來倫敦呢？」

「倫敦真的是有意思的城市，你說是不是？世界上最有才華的人都來這裡了，當然紐約也不錯，不過這是兩個不一樣的城市。」

「所以，你畢業後還要回去嗎？」

「你這是用什麼畫的？壓克力顏料嗎？喔，是guache，還有鉛筆。」

「你習慣在有顏色的紙上畫圖嗎？你知道，把圖畫在有顏色的紙上，對印刷會是一項考驗。」

你一句我一句，兩位女士不再讓我覺得緊張。


所謂「國外出版社」不就是在台灣的時候，非常嚮往和想一窺究竟的地方嗎？現在有兩個人和我站這麼近，我很想知道如果真可以和她們一起做書，我會找到那個在汪洋裡游泳的指北針嗎？


「我們想請你帶作品到我們的出版社來，今天因為只有我們兩個人看到你的作品，我們希望其他的同事也可以有機會看到。來出版社的好處是你可以介紹更多你的作品給我們。」年長的那位說。


「我們還會邀其他幾個學生，來認識我們。我們會為你們辦一個小小的party，很輕鬆的，好好玩一下。」年輕的那位說。


握手道別。

心裡好期待。

好想知道世界是怎麼回事。


「談得不錯嗎？Well done！Chinlun。」老師拍一下我的肩說。

「她們人看起來很nice！」Emma說。


酒會尾聲，我還高興著高興著。

學校裡的公共電話角落。不知不覺會被靜物的「表情」吸引，對靜物彼此之間組成的畫面，總是有很多聯想。靜物之間似乎也有社交關係巧妙的存在，因為它們聯繫著彼此，人又聯繫著它們，許多故事因此而發生了。

M ark專攻自然生態插畫，跟人說話的時候，有時會直直盯著人的眼睛看到恍神。他用水彩描繪出的鄉村田園和自然生物，我覺得很好。

「可是我的風格不是主流，」他說，也就是說他覺得他的畫已經不流行了。
「所以老師不重視我。」他講起來神情很委屈。
這個話題，已經燒他好久。

「我也不覺得老師特別重視我或Emma或Åsa。」我跟他說，「我們都不是主流內的愛將，可是這不代表什麼。」我覺得我們不可以自己先設限。

「現在大家都喜歡用電腦、時興混用多種媒材，水彩落伍了。」他說。
「也許你可以想想運用水彩和你擅長的畫風，做一些改變。」我說，「我不知道那會是什麼，可是你可以想想，也許這是一個轉變的好時機。」
「學學電腦不是什麼壞事，也許它可以激發你一些新的東西。」我說。
他苦笑，「我不喜歡用電腦。」他說。

「嗯，那就想不需要用電腦也可以有所轉變的方法。」我建議。
苦苦原地打轉的時候是不會有任何人可以幫我們的，除非自己哪。

不過顯然，我的建議並沒有引起Mark一點點興趣。他繼續哀傷著自己的處境。
在講這些話的同時，我腦裡浮現我和老師上課時某些相似的對話。
老師遇到不願對外開窗呼吸新鮮空氣的學生應該也是很沒輒。

主流是什麼？
我不想這麼想。
就算是巷弄裡小店，也一定要撐起大氣魄才可以。
藝術被自己困住，就沒路走，這是一定的。

暫時把里斯本的功課擺一邊，做起另外一本小書。
從一小張人形的塗鴉開始，紙片和紙片做接力。

把紙片發展的故事分頁貼在一張大紙上。
一個小女孩和蝴蝶的故事。
一個關於愛的方式的故事。
一個關於擁有和失去的故事。

第一個版本，寂寞的小女孩在擁有之後，因爲無知的佔有使所有的蝴蝶都死了。
我捧著這一大張黏滿分頁的紙，給老師看也給同學讀。
我觀察他們的反應。
反應只有兩種：非常痛快或非常難過。

Mirya讀完若有所思，「很難過。」她說，「因爲蝴蝶最後沒有自由，也不在了，小女孩仍然寂寞。」

男孩子似乎比較可以承受殘忍，黑透兒說：「人不就是這樣嗎？從來不知道後悔，應該要有教訓的。太棒了，我就是喜歡這樣的結局。」

Åsa問我這是給小孩看的書嗎？
「它看起來很簡單，但我想這應該是要給大人看的書。」

帕華洛帝老師剛看的時候呵呵呵一直笑，但等蝴蝶開始一隻隻死之後，就笑不出來了。他緊皺雙眉「歐— 歐— 」的好像很不能承受。
「你覺得很難受嗎？」我問他。
「也許，你可以不要讓蝴蝶死。」他說。
「也許，你讓牠們生病就好了。」他想救蝴蝶。
他又讀了一次結尾，「太慘了，不是嗎？」他做了一個幾乎要哭的表情。
他的表情讓我覺得很有意思，可是我不大想改故事。
可是突然我又換個角度想，就試試蝴蝶生病也可以，不需要那麼堅持。
只是如果蝴蝶生病，故事又會怎麼走呢？

But the butterfly was ill the nex

**好**吧，所以我讓蝴蝶生病了。
可是我對於做好的第一個故事有點不捨。
捨不得做好了，也捨不得那個殘忍和一點心碎的感覺。

這次上課，我帶著新圖去。帕華洛帝老師在我一踏進辦公室門的時候一雙
眼睛就望著我，我知道他期待什麼，我說：「我讓蝴蝶生病了。」

呵呵呵，他像小孩一樣高興還鬆了一口氣，翻到蝴蝶跌在地上生病的那一
頁還自言自語：「Phew—這樣好多了！」

「爲什麼你不喜歡看到蝴蝶死？」我問。
「爲什麼你想讓人看到傷心的結尾呢？」他反問我。
「因爲，也許人要讀到這樣的故事才會學到什麼。」我說。其實，我還有
另外一個原因沒說，就是殘酷的故事讓我覺得有點酷。
「第一個故事當然很好，沒話講，可是……」他摸摸他的胸口好像很痛那
樣，我哈哈大笑，他說：「悲傷沒關係，但是不要讓牠死。」他說。
我看著我的圖，「好。」我說。
我說好不是同意他的看法，而是我願意試試看他的想法。

「你知道，我們遇到傷心事的機會太多了。」課結束前他說。

沿著肯辛頓大街走回住處，回想著今天上課的對話。
爲什麼我想讓人讀傷心的結尾呢？
如果是我讀到這樣一本書，因書引起的心裡難受，
還能因書幫我稍稍撫平嗎？
我想做書的目的是什麼呢？

蝴蝶生病了。
女孩因爲寂寞一直出去捕蝴蝶，捕回來的蝴蝶不快樂都生病了。
在家裡越來越多生病的蝴蝶該如何處理？
我坐在桌子前很專心的想著。

術館展間的長椅上坐著。

長椅和我之間，我和畫作之間。
慢慢往固定方向移動的人，人的眼睛和作品之間。
眼睛和心之間。
那個留在作品裡的時空。
留在畫布上的顏料。
畫家現在活在哪裡呢？

小時候曾經被一個想法困擾著──為什麼我只能知道我呢？
為什麼不能知道別人在想什麼呢？
為什麼一定要透過別人講才能多知道一點點呢？
我和我以外的一公尺。
一公尺以外的再一公尺，我能知道的「現在」，最多只有那麼遠。
這個世界為什麼我只能知道我呢。
別人也想當我嗎？
世界可以交換嗎？

如果英國的天氣不是那麼糟，那英國人的個性會不會就完全不一樣了呢？如果英
國人的個性不一樣，那講出來的笑話就不一樣了，所有視覺的不是視覺的都會不
一樣了。如果都不一樣了，那我們還會想來嗎？倫敦還吸引人嗎？

中午海德公園裡好熱鬧，太陽才露一點點光，大家就都搶著曬太陽。
蝦子躺，螃蟹躺，人躺得東一隻西一隻，陽光應該很高興大家這麼捧場吧。

狗在商店外等主人。
除了主人以外，佔據牠心裡的第二件事是什麼呢？

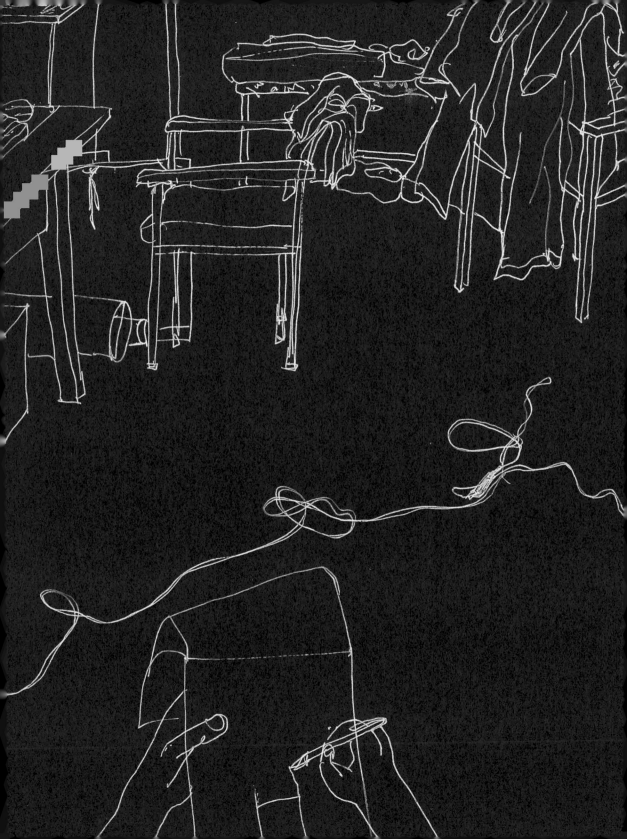

* **sun·ny** [ˈsʌnɪ] *a.* （-ni·er；-ni·est）
　　陽光充足的；晴朗的；快活的；

讓蝴蝶

回家

# 正

要進學校，朋友在等紅綠燈過馬路。

跟她愉快打招呼，她竟然就別過頭去用聽都不聽的姿態。
沒心理準備愣了好一下，我站在原地好久好久。

有一種人，是見到你理也不理，從身邊走過數十遍，彼此都像看不見的幽靈。
有一種人，是見到你嘴角會牽動一下，於是我們也有種照鏡子的相對反應。
還有一種人，熱絡絡的說嗨你好今天怎樣的，雖沒太大交情，但講十次天氣下
來，話題至少可以從本來只有一天的進展到可以講講這星期的。

關於偏見誤解歧視，不應花時間探究了，
也不過就是那種高傲不理不睬的神情讓人氣餒罷了。
可是為什麼我們要因此氣餒？
為什麼我們要因此沮喪呢？

我們的人生其實與他們的眼光無太大關係，不會因為這些而大好或大壞。
我們的人生只關於自己的眼光。
大家都是世界上獨立的個體，我們都是世界上最好的那個。

用力在心裡對世界宣誓了。
宣誓有關於我。
不讓與我未來無關的人影響我。
不再想了，快快走進學校去。

每次學校畫廊在展出之後，即使現場的物件狼藉，
我還是覺得很有生命力。這檔扮完了還有下一檔
次，現場的這些板子椅子桌子都是默默的見證。

下午拿新做的段落給Åsa讀，突然她滔滔不絕的評論起我的畫和內容。

這一段她突如其來給我的「一對一教學」持續大約四十分鐘，聽到後來頭都昏了。她越講興致越高，而我已經不想聽到底什麼前因後果了。

是不是我不能接受批評呢？突然氣悶起來。
在畢業倒數的階段，她竟開始推翻我目前為止所有的作品。那之前所有和我談論過的她所發表過的贊同的內容算什麼呢？

你知道我發展到這個階段花了多久時間嗎？
你以為畫這個小人很容易嗎？
你以為畫法是為了容易取悅讀者嗎？
你以為想一個故事這麼容易嗎？
像你這樣天天只想成就永世名作的人，真的了解這樣一本小書後面所需的預備鋪陳嗎？
你知道我們其實都沒時間了嗎？
我其實只想聽眼前作品的建議而已。
要我何妨再試畫風？深度？那你的意思是？
那你覺得目前的很差嗎？

像往常一樣，出工作室後，我們一起走一段路回家。
到說再見的交叉路口為止，Åsa一點都沒察覺我的不愉快和惱羞成
怒。今天的她似乎講上癮了，一路嘰嘰喳喳還講個不停；而我想
著自己的沒肚量，覺得很不明白。

沒想到，原來受批評是這樣難為的事情。也許我根本不是要接受人家的建
議。畢業在眼前，我只想聽好話而已。

晚上十一點，打電話給Åsa，跟她說今天下午在我心裡發生的莫名的忿
怒，還有覺得自己很不能接受批評的難受感覺。
她聽了驚訝。

「你該馬上跟我說的，我就會閉嘴。」她說。

「唉。」我在電話裡嘆一口氣，然後我們在電話兩端都笑了起來。

她跟我說對不起，我也說對不起。

半開玩笑的她說：

「下次，我一定會記得留意你的表情的。」


這麼長的一段日子，從在小研習室裡認識的那天，Åsa就是我最直言的朋友。

若再發生，我不會生氣了。


我讓蝴蝶活過來。


蝴蝶一隻一隻在小女孩家中生病以後，

只剩那最後一隻蝴蝶。

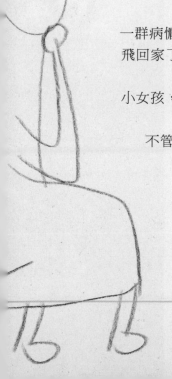

　　　　　寂寞的小女孩又出門了。

　　　　　這次她去找那最後一隻蝴蝶，

　　　　　請牠跟她回家，

　　　　　請牠帶牠的同伴回家。


　　　　　一群病懨懨的蝴蝶跟在最後一隻的身後，

　　　　　飛回家了。


　　　　　小女孩，獨自一人。


　　　　　不管小女孩還寂不寂寞，還會不會再出發，

　　　　　　　帕華洛帝老師喜歡這個結局，他笑了。


　　　　　　　　　「都可以回家，很好，不是嗎？」他說。

大的在電話裡問我：「你找到你想找的東西了嗎？」

二年級過得特別快，才開始熟悉生活，
才要進入情況做點什麼，卻已經差不多是離開的時間了。

出版社傳真到系祕書辦公室。
一、二年級共七名學生被邀請到她們的辦公室看作品。
我們七個人提著重重的畫袋，成隊伍也不成隊伍的往出版社方向。
路上，不知怎麼，大家都有點安靜。

在酒會晚上遇到的出版社女士，熱切的帶我們到二樓辦公室，很多人圍過來招呼我們。桌子已簡單移成一區一區的，中間還有幾張桌子，放了許多洋芋片、花生、餅乾和幾瓶葡萄酒。

放下作品，馬上被招呼去吃東西，和想像的情況完全不一樣，這裡很溫暖很熱鬧。本以為是學校口試的場景，現在看起來卻像朋友的聚會了。

七個學生各有自己的一桌，我們各把作品攤開放在桌上，辦公室裡的人紛紛過來聽我們說著作品。

我找到要找的東西了嗎？
在努力回答出版社有關創作的提問同時，
我想，撇開奢想大師會傳授的武功祕笈或那個在汪洋裡游泳的指北針，
我意外得到的一樣寶物，
應該是勇敢。

Avonmore Road，
公寓外的天空。

Darrell的桌上擺滿自製用來緊壓手製書的五金工具，像一個個待命的機器人。我們丟在字紙簍裡作廢的「畫家們畫錯的紙」，都變成他的回收寶物。

第一次在市集買Blue cheese的時候，小販問我是要中口味或重口味的。猶豫的時候他已經劃下一小片掛在一塊餅乾上讓我吃。我吃了，因為太注意味道反而吃不出味道。很久以後，有天早晨不經意把它放在烤過的土司上面一起吃，焦味和霉味中和在一起竟然就香了。

畢業展倒數階段，人人無暇顧到別的事。
每個人走路都變得好快，警衛晚上十點帶著一大串鑰匙每間每間趕著學生回家。
每天在材料商店、教室和住處之間趕著時間。
聽到鳥鳴才睡覺、日出又開始做工作。

畢業作品評鑑日，校外邀請的評審和系上老師都已坐在研習室裡。我們一箱一箱或一畫袋一畫袋的拎進去，不行的就得趕快修正。Åsa也終於變快了，我終於看到她畫在畫布上的圖，雖然小小張的。聽她講藝術解析兩年，能看到畫真好。
畢業展展位用抽的，Emma、Åsa和我三個人連著一排。

黑透兒並沒有跟我們升上二年級，一起上移工作室，他繼續待在原來的位了。雖然學校各處還是常常遇到他，卻好像沒那麼多機會講話了。
一直想問那個互寄卡片的約定後來呢？
一定要問的，聽故事一定要聽結尾才行。
遇到黑透兒，我跑過去，「黑透兒，那卡片……」我說。黑透兒用「對那件事面無表情」的表情對我說：「沒有，她沒寄。你知道嗎，那個地址我保存了十年！現在扔了！」

地球另一端那位當初隨口承諾的女孩，現在在哪裡？如果她知道有個故事曾以這樣形式因她而存在，會是怎樣的感覺呢？

蝴蝶的故事以後，又做了一個小女孩和毛毛蟲的故事，接著是一個紅箱子＋一個男人＋一隻鳥的故事，然後開始把家裡的Paw和動物醫院入畫。

看我捧著一堆故事分頁去找他，
帕華洛帝老師在上課前總是用一種幽默的表情看我說：「又一本？」

**雖**然曾被Åsa說了一頓，但偷偷暗地裡，
我還是膨脹了很多對自己作品的信心。

Quentin Blake每年在系上設一個插畫獎，一直想參加，想得獎，想有表現給家人看，看一個實質的名稱，一個實質的獎項。這個學期我做了好多小書，畫了好多圖，覺得自己畫得好好，覺得沒人比得上我做圖畫書的本事。我一定贏的。好高興，繳件時間越近我越是有信心，希望趕快參加趕快得獎。

被Allan看透我的心事，我假裝謙虛。
畫起圖來特別有勁，走路像踩在雲上。

把該準備的圖都放進畫袋裡。
最好的都放進去。
知道我要參加的同學都說：「一定是你！」

Emma也要參加，她也收拾著作品，一邊想著要放什麼進畫袋一邊說：「哎，應該沒關係吧，我想應該不會是我。」

是不是很誇張呢，一種奇怪的自信與虛榮佔據我心。Emma講話的同時我心裡有個小小的聲音在說：「對啊，因為得獎的是我啊。」

事情結束得很快，宣布得獎人的那瞬間，我想我的臉一定凍僵了。

QB看到我，微笑的走過來問我近況，我笑不出來但還是盡量笑了。是他把我的作品刷下來的，他明明平常在看我作品時除了稱讚從沒批評啊。開始生氣QB，覺得他授課並沒有對我講他的真心話；又生氣自己，就算十個從沒被批評過的學生，當中也有高下啊。

從現場像打敗仗一樣的溜走，一路快走到淑的工作室，有一間可供隱蔽的小屋真好。開始用力哭起來。淑進來，嚇一跳，
「怎麼啦？怎麼啦？」她問。

「有個獎，我以爲可以得的，可是沒有。」
覺得自己很像那討人厭又拚命討糖吃的小孩。

淑很驚訝我很在意那個獎，她不明白爲什麼這對我這麼重要？
如果這是一個競爭，競爭者只有自己的同學，外面的世界那麼大，該在意的應是
外面那塊天地。

「我想在畢業前可以有一個具體的表現，拿來告訴家人，我得了這個獎喔，我想
讓他們覺得很高興，可是現在沒有了。不管是什麼獎，只要有獎，大家都會高興
啊……學校很多獎啊，可是只有這個是我會做的……」知道自己很幼稚，可是卻
還是很執著的哭著。

打電話給大的。
又哭了，很沒用。
「嗨唷，沒得就沒得，有什麼關係。」

跑去找Åsa，跟她說心裡的傷心。
拉拉雜雜說一堆，她歪著頭，表情認眞，想替我找出傷心的眞正癥結。最後，
Åsa倒是抓到一個重點了，她問我：
「爲什麼你認爲一定會是你得獎呢？」

對啊，爲什麼呢？
能做很多書就得獎嗎？
一直被很多人稱讚就得獎嗎？
我該好好問自己。

沒多久，走回住處的路上，我馬上就明白了：其實哭不是爲了沒得獎這件事，也
不是什麼要表現給家人看這一回事；哭是因爲很輸不起和覺得太沒面子。哭是因
爲把自己吹得太滿，一下就被戳破了。
這麼簡單，就是這樣而已。
笨蛋哪，還哭那麼慘。

千拜託萬拜託學校技工幫我做的桌子，擺好了。Åsa在左邊，正專心的佈置著；Emma在右邊，她的作品也差不多定位了。

校園裡有種按捺不住的氣氛，彷彿隨時全部的人都會不約而同在校門口狂呼大喊：

贏！贏！一定要贏！

畢業展的開幕酒會人山人海，認識的
和不認識的都來了，出版社的兩位女
士也來了；我們拿著酒喝擠成一小圈
一小圈的。大家今天都要喝個痛快。

同學到彼此的留言簿上互道鼓勵，不認識的人也在簿子裡留了言。
我們都為鼓勵讚美雀躍不已。

我的狗在會場盡忠職守，
有人用綠色的筆悄悄又讓我多收養一隻 →

出版社的女士請我再到她們辦公室一趟，
「何不我們就從這些狗開始？」她們說。

系上長久以來「義大利來的百萬富豪贊助人」——至少Allan是這樣叫他們夫妻的，買了Allan的畫、Mirya的食譜，還有我的小女孩毛毛蟲手製故事書。

連同他系五個作品被收藏的學生受邀參加晚宴。

Allan買了新西裝，Mirya戴了耳環擦了口紅，我穿上唯一的咖啡色麻紗洋裝，一起到南肯辛頓傳聞戴安娜王妃最愛的高級餐廳吃高級餐。

白天會場全神貫注的熱鬧和晚上微微恍神的拘謹，從餐廳出來接近子夜
十二點。走回學校搭巴士，這麼深夜的學校是我沒仔細見過的。
海德公園的樹影搖曳揮舞，天鵝還在水上嗎？
我們都坐在巴士站的椅子上，靜靜的，沒人講話。
再幾天就畢業典禮。
該說再見了。

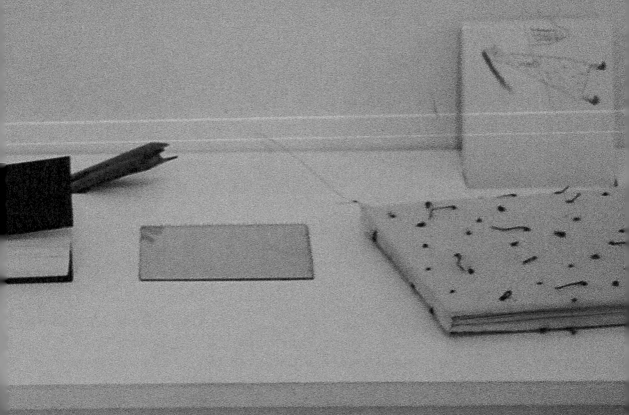

我們這群看來不知天高地厚等拍畢業合照的學生，不必攝影師，老天先就頑皮的將我們的身影照進前方皇家亞伯特廳的正門玻璃上。

攝影師忙著調整鏡頭位置，騎馬人經過了，警察經過了，冰淇淋小販也經過了。Emma沒空來，Åsa忘記來。

相片洗好學校圖書館裡可以看到，喜歡可以買。

「你到時可以買一張。」Allan這麼建議。又來了。
「那你呢？」我問。他聳聳肩不置可否又說：「這相片五十年後
看，應該很有意思的。」

James       Allan

Hazel　Sara　Frank　Terry　Harmen

Domi　Beverly　Darrell　William

自由參加的畢業合照日那天，
Domi不能來，叫我們一定要
把她的相片拿在手裡。

面對未知，
我不想先
顯露害怕。

帕華洛帝老師的門口。
最後一學期，迫不及待拿作品給老師看是最期待的
事。一個星期至少兩次，大約都下午三點；若早
到，我會坐在樓梯上等他來。抱著作品滿懷理想的
這時刻，我，不要忘記。

對於選擇，
　我曾經
忐忑不安。

畢業了。
畢業典禮那天我們忙著在教室裡互相幫忙穿好禮
服，這樣穿那樣穿，不知這件聖誕老公公披風究
竟怎樣掛在身上比較好。

如果公寓老太太
　真的在我住著的時候
　　曾經同在，
　　　我想和她
　　　　鄭重道別　。

浴缸，在半夜兩點就開始陸續聽
到窗外鳥叫的地方。

# Royal

當下，
永遠獨一無二。

Mark, Allan, Miho, Yuko, Reiko          Chinlun , Jon,      Emma, Asa

那個白天也喝醉的木作
技工幫我做的展桌功成
身退。學妹Reiko接收
了，我們一起和桌子
說再見

常覺得心中有一點點感傷，許
多小小的時刻我都希望它就此
停住。

大家圍坐在三樓小吧喝茶的時刻、發現五人同坐一桌吃薯
條吃相都不同的時刻、三三兩兩坐在階梯上偷閒的時刻、
偷講永遠半醉排版技工老師的八卦、猜那個每週四來放電
影的客座應有二十套一模一樣牛仔襯衫的事，還有彎進校
區聞到那獨特屬於學校氣味的瞬間。

叫我小可憐的Anita說她要退休了，學校護士要我
們如果出書一定要通知她一聲，一個別系的學生
划著一輛三輪車在坡道上試車，William仍每星期
四花四鎊在學校撞球桌旁理髮，一張大幅油畫又
從樓梯間用吊勾緩緩的送上去了。

聽說老紅色胖巴士可能要停駛，那以後就不能耍帥跳車。每個巴士車掌都
要看仔細，因為說不定是這輩子能相遇的最後時刻。

EXIT
For emergency use only
This door is alarmed

我最好的老師其實是我的同學。
一個回憶是一個故事，
故事和故事連成一段段不同的人生。
人生的變化或許使我有時遲疑，
但也因為這樣使我對它的未知深深著迷。

EXIT
For emergency use only
This door is alarmed

我們是在創作海洋中游泳的同伴，
彼此加油打氣，
有了好消息都會為對方高興。
我們人生下個段落啊，
已經悄·悄·開·始。

我學到了
成功人生
並不等同於
完美人生。

完美人生
有時比不上
有意思的人生。

倫敦，飄過幾次雪。

雪落在公寓前的
櫻花樹上，非常安靜。

The Royal College of Art

School of
Communications 1999

Illustration

2000年
School of Communications 已把
Illustration、Graphic Design、Animation改制合併為
Communication Art & Design Department 和
Animation Department

Nicole Antrobus
Helen Bowling
Louise Camrass
Justin Chatburn
Emma Clark
Ben Duckett
Jon Dudley
William Eagar
Tom Flemming
Darrell Gibbs
Mirya Hartwig
Mark Hearld
Yuko Hirosawa
Chin-Lun Lee
Michael Leek
Guidtta Manno
Beverly Philp
Quy Sam
Allan Sanders
Dora Garcez de Sousa Santos
Åsa Gan Schweder
Diana Stanescu
Anat Stienpler
Christina Vervitsioti
Dominique Vezina
Zachary Walsh
Alex Williamson

# 是結束也是開始。

Åsa後來回到倫敦念了一個哲學碩士，這對她「永遠沒辦法停止思考」的腦袋大有幫助；Emma一邊在圖書館工作，一邊做創作；Allan搬到Brighton，有很好的經紀公司，他的工作桌像在學校時一樣整齊；Darrell自創品牌Sukie，多了一對兒女；Beverly當攝影家先生的助手，生了女兒取名Sukie；Mirya畢業展做的是「情緒的食譜」，她開了咖啡店，店裡擺了很多足球檯（她在學校的最愛），咖啡店開得成功，現在又回到創作；Quy選擇出走義大利，離開「回越南不是越南人，在英國也不是英國人」的心靈幽暗處；淑留在英國，已是展約不斷的成功畫家。

我提著作品袋，照著畢業展留言簿裡留下的地址，拜訪了七家出版社，只為了「這是必經的過程」。開始和「出版社的兩位女士」的出版社做書，在倫敦多留六個月後，又回到高雄，這個我嫁過來才要真正專心生活的城市。

A personal sense of place，環境的個人觀察。

起點也是終點，終點也是起點。

我的先生「大的」，朋友都這麼叫他，在所有人對我婚後不到一年就要出國念書畫上問號的時候，只有他說：「有些事現在不做，以後可能有機會也不想做了。」

當我專心做我的創作夢的同時，婆婆毫無怨言幫我照顧了家。

我很難明確說在英國到底學到什麼；
甚至現在人家問我做什麼工作，多半還是用「畫畫的」帶過。
為什麼出國念書不是美國而是英國？因為「去比較少人去的」。
為什麼是倫敦？因為「聽說學藝術最優秀的都到那裡了」。
為什麼是RCA（皇家藝術學院）而不是其他學校？
因為「如果可以，我想選擇最好的」。
老師教我怎麼畫畫嗎？
如果我說「除了畫畫技巧，什麼都教」，
你一定以為我在開玩笑。

如果我說「老師教的是腦袋裡的東西」，
你覺得我只是在應付你一個答案嗎？
你們在教室裡照課表上課嗎？沒有。
演講、研習、工作坊、展覽……想參加自己到公佈欄去找。
工作室「一對一」的授課制度，我只好學會「一定要開口為自己的作品講話」。

常常想起一段往事。
剛到倫敦頭幾天，第一次坐上胖胖紅色雙層巴士，不知怎麼通知司機「我要下車」。左
邊座位上方有一根拉鈴繩，細細的一根塑膠繩，像有人用鉛筆隨興畫的一條線。一直盯
著那繩子，下車，拉鈴嗎？
突然，我聽到有人拉鈴脆脆噹了一聲，車停，人下車了。
我說嘛！要拉鈴的。
要下車了，我信心十足站起來噹噹拉了兩聲。
車掌跑過來，「什麼事？」他急急的問。
「要下車。」我怯怯的說。
「噹一聲是下車，噹兩聲是緊急停車，你知不知道！」他氣急敗壞的說。
「對不起，我不知道。」兩頰熱熱的，有點尷尬。

學習都是這麼開始的。
學到的即使是一丁點事情，也是會讓我心情暖和，不覺得日子白過。
我還在大洋中游泳，有時快一點、有時慢一點，會一直游。
有人超越我，游不見了，也有人在或前或後或左或右。
那些還在岸邊猶豫觀望或不知所措的人，
我希望可以給他們下水前「可以參考的一點點東西」，
不是很多，至少，在一開始，就有陪伴。

國家圖書館出版品預行編目資料

靠窗的位子，光線剛好 / 李瑾倫 文．圖．
攝影.
初版 . -- 臺北市：大塊文化 , 2009.02
　面；　公分 . -- （catch：149）

ISBN 978-986-213-104-06（平裝）

855　　　　　97025796

LOCUS

LOCUS

LOCUS